書藝人을 위한

禪 詩 選

근당 **양 택 동** 편저

불멸의 香氣

ⓦ ㈜이화문화출판사

차 례

7

봄에는 꽃 피고 가을이면 달 밝고
여름에는 바람 불고 겨울이면 눈 내리니
쓸데없는 생각만 마음에 두지 않으면
이것이 바로 좋은 시절이라네

무문선사의 글에서   春有百花秋有月
               夏有凉風冬有雪
               苦無閑事掛心頭
               便是人間好時節

王維(中)

山中相送罷　日暮掩柴扉
春草明年綠　王孫歸不歸

산중상송파　일모엄시비
춘초명년록　왕손귀불귀

산속 그대와 헤어지고 나서
날 저물어 사립문 닫았네
봄풀은 해마다 푸르고 푸른데
왕손은 언제나 돌아올까

*王孫 : 헤어지는 사람. 그대

남자는 자기 자신의 비밀보다는 타인의 비밀을 한층 굳게 지킨다.
여자는 그와는 반대로 타인의 비밀보다는 자기 자신의 비밀을 더욱
잘 지킨다. ─브뤼에르─

早蛩啼復歇 殘燈滅又明
隔窓知夜雨 芭蕉先有聲

조공제부헐 잔등멸우명
격창지야우 파초선유성

벌써 귀뚜라미 우는가 했는데 그만 그치고
꺼져가는 등잔불 다시 밝아지네
창 너머로 밤비가 내렸는가
파초잎이 뚝뚝 소리가 나네

* 蛩 : 귀뚜라미

남을 아는 사람은 지혜있는 자이지만 자기를 아는 사람이 더욱 명철
한 자이다. 남을 이기는 사람은 힘이 있는 자이지만 자기 스스로를
이기는 사람은 더욱 강한 사람이다. -노자-

春陰易成雨　客病不禁寒
雨與梅花別　無因一倚欄

춘음이성우 객병불금한
우여매화별 무인일의난

봄날은 어둑해서 비도 자주 내리고
나그네 병든 몸 추위를 참을 수 없네
비내려 매화꽃 흩어져 버리니
난간에 기대어 한번도 꽃을 보지 못했네

＊春陰 : 봄날의 어둑어둑함

마음이 어둡고 산란할 때엔 가다듬을 줄 알아야 하고 마음이 긴장하
고 딱딱할 때엔 놓아 버릴 줄 알아야 한다. 그렇지 못하면 어두운
마음을 고칠지라도 흔들리는 마음이 다시 병들기 쉽다. ─채근담─

陳文述(中)

西風斷雁聲 落葉廻風舞
人生夕陽亭 空翠下如雨

서풍단안성 낙엽회풍무
인생석양정 공취하여우

서풍에 기러기 소리는 끊어지고
낙엽은 회오리바람에 날아 든다
사람이 석양녘 정자에 앉았는데
空翠가 비처럼 내린다

* 空翠 : 먼 나무의 푸른 빛

귀로 남의 그릇됨을 듣지 마라. 눈으로 남의 단점을 보지 마라. 입으로는 남의 허물을 말하지 마라. 그래야만 군자라 할 수 있다. -명심보감-

李誠國(韓)

山寺葉初飛　淸霜九月暮
羈懷正杳然　夢斷三更雨

산사엽초비　청상구월모
기회정묘연　몽단삼경우

산사에 낙엽이 지고
서리 내려 구월도 저문다
나그네 가는 길 시름이 깊어
내리는 밤비에 꿈마저 깬다

＊羈懷 : 나그네 회포

인간의 모든 욕망은 덧없고 허무하며 물거품 같고 아지랑이와 같고
물 속에 비친 달과 같고 뜬 구름과 같다고 생각하라. −화엄경−

洪吉周(韓)

坐愛綠槐樹 淸佳勝賞花
井欄君莫掃 秋葉落來多

좌애록괴수 청가승상화
정란군막소 추엽낙래다

푸른 계수나무 밑에 앉아있으니
맑은 정취 꽃보다 아름답네
우물가를 그대여 쓸지 말게
단풍잎이 떨어져 쌓이네

* 井欄 : 샘의 난간

이 몸을 항상 한가한 곳에 두면 영욕과 득실이 어찌 나를 그릇되게
할 것이며 이 마음을 늘 고요 속에 있게 하면 是非와 利害가 어찌
나를 속이랴. -채근담-

釋聖機(韓)

落雁下長洲　風帆歸遠浦
夜宿暮江頭　寒風秋夜雨

낙안하장주 풍범귀원포
야숙모강두 한풍추야우

기러기가 강가에 내려앉고
돛단배는 나루에서 멀어지네
강마을에 잠자고 있는데
차디찬 가을비가 밤새도록 내리네

*長洲 : 긴 모래사장

호랑이나 표범같은 맹수는 그 날카로운 발톱이나 이빨은 숨기고 밖으로 나타내지 않는다. 강한 자는 경망하며 그 위력을 밖에다 내보이지 않는 것이다. -채근담-

強欲登高去　無人送酒來
遙憐故園菊　應傍戰場開

강욕등고거 무인송주래
요린고원국 응방전장개

높은 산등성이 올라가고 싶지만
술을 가져다 줄 사람이 없네
예쁘게 핀 고향의 국화꽃이
지금은 전쟁터에도 피었을 텐데

* 強欲 : 일부러 하려고 함

겸손은 사람을 머물게 하고 칭찬은 사람을 가깝게 하고 넓음은 사람
을 따르게 하고 깊음은 사람을 감동케 하니 마음이 아름다운 자여
그대 향기에 세상이 아름다워라. ─목민심서─

孟郊(中)

欲別牽郎衣　郎今到何處
不恨歸來遲　莫向臨邛去

욕별견랑의　랑금도하처
불한귀래지　막향임공거

옷을 부여잡고 그대와 헤어지네
임은 이제 어느 곳에 갈 것인가
돌아오는 길 늦은 것은 괜찮지만
여자들 가까이 하지 마소

* 臨邛 : 성도의 술장사

향기로운 풀과 악취를 내는 풀을 한 곳에다 두면 악취를 내는 것은
십년이 지나도 냄새는 남는다. 이처럼 선은 없어지기 쉽고 악은 없
애기 어렵다. ―좌전―

韋承慶(中)

獨酌芳春酒 登樓已半醺
誰驚一行雁 衝斷過江雲

독작방춘주 등루이반훈
수경일행안 충단과강운

홀로 꽃다운 술을 마시고
누각에 오르니 술은 이미 취하였다
누가 저 기러기 소리에 놀랬나
구름 뚫고 강물 위를 나르네

＊芳春酒：봄에 담은 술

평소에 부(富)가 있으면서 남에게 베풀지 않으면 일단 자기가 곤궁하게 될 경우 남에게서 도움을 받을 수 없게 된다. -순자-

渡水復渡水　看花還看花
春風江上路　不覺到君家

도수부도수 간화환간화
춘풍강상로 불각도군가

물을 건너고 또 물을 건너고
꽃을 보고 또 꽃을 보네
봄바람 부는 강뚝길이라
그대 집에 이른 것도 몰랐네

* 不覺 : 깨닫지 못함

태산은 한 줌의 흙도 사양하지 않기 때문에 저렇게 크게 되었고 황
하나 큰 바다는 작은 세류도 구별하지 않고 받아들여서 저렇게 깊고
넓게 되었다. 모든 산물은 작은 것이라도 쌓아 모아야 한다. -이사-

韓龍雲(韓)

佳辰傾白酒　良夜賦新詩
身世兩忘去　人間自四時

가진경백주 양야부신시
신세양망거 인간자사시

철이 마침 좋은지라 막걸리 기울이고
이 좋은 밤 시 한 수 없을 수 있는가
나와 세상 아울러 잊었어도
계절은 저절로 돌고 도느니

＊白酒 : 막걸리

야박하게 베풀고도 후하게 바라는 사람에게는 돌아오는 보답이 없다.
몸이 귀하게 되고 나서 자신이 비천했을 때를 잊은 사람은 오래 가
지 못한다. —이사—

花開蝶滿枝　花謝蝶還稀
惟有舊巢燕　主人貧亦歸

화개접만지 화사접환희
유유구소연 주인빈역귀

꽃이 피면 나비는 가지에 모이고
꽃이 지면 나비는 모여들지 않는다
오직 옛 둥지를 잊지 않는 제비만
주인이 가난해도 또 돌아온다

＊花謝 : 꽃이 짐

죽음에 정이 있고 슬픔이 있고 눈물이 있다면 삼대독자를 그의 부모
앞에서 데려가지 않을 것이다. -부처님-

失名氏

誰能思不歌　誰能飢不食
日冥當戶倚　惆悵底不憶

수능사불가 수능기불식
일명당호의 추창저불억

생각이 나면 누구라도 노래하지 않으리
배가 고프면 누구인들 먹지 않으리
날 저물면 문에 기대어
애타게 그대를 그리워하지 않으리

＊惆悵 : 마음이 아픔

잠 못 드는 사람에게는 밤이 길고 피곤한 나그네에게는 길이 멀듯이
진리를 모르는 사람에게는 길이 멀고도 험하느니라. -법구경-

陳子昂(中)

前不見古人　後不見來者
念天地之悠悠　獨愴然而涕下

전불견고인 후불견래자
염천지지유유 독창연이체하

오래 전에 태어난 옛사람을 볼 수는 없고
오랜 뒤에 태어날 뒷사람도 볼 수가 없다
오로지 천지만이 변함없이 이어지는 것을 생
각하니
슬퍼서 홀로 눈물만 흐른다

* 愴然 : 슬퍼하고 괴로워 함

가장 으뜸가는 처세술은 물의 모양을 본받는 것이다. 깅한 사람이 되
고자 한다면 물처럼 되어야 한다. 장애물이 없으면 물은 흐른다. 둑이
가로막으면 물은 멎는다. 둑이 터지면 또다시 흐른다. 네모진 그릇에
담으면 네모가 되고 둥근 그릇에 담으면 둥글게 된다. 그토록 겸양하
기 때문에 물은 무엇보다 필요하고 또 무엇보다 강하다. -노자-

君自故鄉來 應知故鄉事
來日綺窓前 寒梅著花未

군자고향래 응지고향사
래일기창전 한매착화미

그대는 나의 고향에서 왔으니
고향소식 잘 알겠지
고향에서 오던 날 비단 창문 앞에
찬 매화꽃이 활짝 피었었겠지

＊著花 : 꽃을 피우다

자기를 아는 자는 남을 원망하지 않고 천명을 아는 자는 하늘을 원
망하지 않는다. 복(福)은 자기에게서 싹트고 화(禍)도 그대로부터 나
오는 것이다. −회남자−

李奎報(韓)

山花發幽谷　欲報山中春
何曾管開落　多是定中人

산화발유곡 욕보산중춘
하증관개락 다시정중인

산꽃은 그윽한 곳에서 피어
산중이 봄임을 알리려 하네
어찌 피고 지는 것을 상관하리요
더러는 선정에 든 사람들인데

* 定中 : 禪定(삼매경)

흐르는 물과 같은 세월은 늙음이 찾아오는 재앙이며 뜬 구름 같은
명예는 선정(禪定)을 방해하는 마물(魔物)이라네. −법구경−

遲日江山麗 春風花草香
泥融飛燕子 沙暖睡鴛鴦

지일강산려 춘풍화초향
니융비연자 사난수원앙

날이 더디게 저무니 강산은 아름답고
봄바람은 풀 향기 물씬 풍기네
진흙탕 녹으니 제비는 집지려 분주히 날고
강가의 모래밭 따스하니 원앙이 존다

* 泥融 : 얼은 흙이 녹음

길은 가까운 데 있거늘 사람들은 먼 데서 찾는다. 일은 쉬운 데 있
거늘 사람들은 어려운 데서 찾는다. 사람마다 부모를 부모로 섬기고
어른을 어른으로 섬기면 온 천하가 화평할 것이다. -맹자-

幻惺(韓)

洞口連平野　樓臺隱小岑
居僧懶不掃　花落滿庭心

동구연평야 누대은소잠
거승나불소 화락만정심

동구 밖은 평야로 이어져 있고
누대는 작은 봉우리 뒤에 숨었네
스님이 게을러서 쓸지 않아서
꽃잎은 저 뜰에 가득하여라

＊小岑 : 작은 봉우리

사람이 아는 바는 모르는 것보다 아주 적으며 사는 시간은 살지 않는 시간에 비교가 안될 만큼 아주 짧다. 이 지극히 작은 존재가 지극히 큰 범위의 것을 다 알려고 하기 때문에 혼란에 빠져 도를 깨닫지 못한다. ―장자―

何處秋風至　蕭蕭送雁群
朝來入庭樹　孤客最先聞

하처추풍지 소소송안군
조래입정수 고객최선문

어디서부터인지 가을바람 불어와서
쓸쓸하게도 기러기 떼를 보내네
아침 되어 뜰 앞 나무에도 불어
외로운 나그네가 그 소리를 가장 먼저 듣네

* 朝來 : 아침 무렵

나는 그 누구에게도 아름답게 기억되기 보다는 그리움으로 남고 싶을
뿐이다. 가슴 한 구석 외롭고 허전할 때 그냥 그리워지는 그런 사람으
로. -최진영-

山色無遠近 看山終日行
峰巒隨處改 行客不知名

산색무원근 간산종일행
봉만수처개 행객부지명

산 빛은 한 색깔로 이어져 원근이 없고
이런 경치 속에 종일토록 구경을 한다
산등성이는 곳에 따라 변하지만
길손인 나는 그 이름도 모르고 가고 있다

＊行客 : 길가는 나그네

내가 당신을 사랑하는 것은 까닭이 없는 것이 아닙니다. 다른 사람
들은 나의 紅顔만을 사랑하지만 당신은 나의 白髮도 사랑하기 때문
입니다. ―한용운―

昨來杏花紅 今來楝花赤
一花復一花 坐見歲年易

작래행화홍 금래련화적
일화부일화 좌견세년역

어제까지 살구꽃 붉디붉게 피었더니
오늘은 벌써 멀구슬꽃 새빨갛게 피었네
꽃이 피고 또 피는 것을 보노라면
세월이 덧없이 바뀌는 것을 알 수가 있다

* 楝 : 멀구슬

집안이 화목하면 가난해도 좋거니와 의(義)롭지 않으면 부(富)인들 무엇하랴. 오로지 한 자식의 효도만 있다면 자손이 많아서 무엇하랴. 어진 아내는 그 남편을 귀하게 만들고 악한 아내는 그 남편을 천하게 만든다. —명심보감—

楊士彦(韓)

孤烟生曠野 殘日下平蕪
爲問南來雁 家書寄我無

고연생광야 잔일하평무
위문남래안 가서기아무

고요한 마을에 연기 피어나고
지는 해 지평선으로 넘어가네
기러기 너에게 묻네
우리 집의 편지가 없드냐

* 寄我無 : 나에게 부쳐온 게 없음

욕망과 감정을 다스리지 못하면 자신의 손발이 자기를 해치는 원수가
되고 자신을 정화하고 이겨낸 사람은 도둑도 친구가 된다. -부처님-

此事本無住 隨緣處處平
信得這消息 歸家那問程

차사본무주 수연처처평
신득저소식 귀가나문정

이 일은 본래 머무는 바가 없는 것
인연 따라 곳마다 평등하다네
이 소식을 굳게 믿으면
집에 가는 길을 무엇하려 묻나

＊那問程 : 어찌 길을 묻겠는가

물이 어느 정도 깊이가 없으면 큰 배를 띄울 수가 없다. 이와 같이
충분한 학문과 수양을 쌓지 않으면 중한 임무를 감당할 수가 없는
것이다. ─장자─

清虛(韓)

雨霽驚新月　夜深魂更清
擁衾眠不得　木落送秋聲

우제경신월 야심혼갱청
옹금면부득 목락송추성

비가 개이니 초승달 놀란 듯 하고
밤은 깊은데 혼은 더욱 맑다
이불을 휘감으며 잠못 드는데
나뭇잎은 가을소리 알리려 하네

*擁衾 : 몸을 이불로 힘싸 덮음

사람은 원래 깨끗하지만 모두 인연을 따라 죄와 복을 부른다. 어진
이를 가까이 하면 곧 도덕과 의리가 높아가고 어리석은 이를 친구로
하면 곧 재앙과 죄가 이른다. 저 종이는 향을 가까이 해서 향기가
나고 저 새끼는 생선을 꿰어 비린내가 나는 것과 같다. 사람은 다
조금씩 물들어 그것을 익히지만 스스로 그렇게 되는 줄을 모를 뿐이
다. -부처-

汪中(中)

東風吹江水　花開照顔色
相思人未歸　日暮隄上立

동풍취강수 화개조안색
상사인미귀 일모제상립

東風이 강물 위에 불고
꽃은 피어 안색을 비춘다
그리는 사람 돌아오지 않으니
해질녘까지 뚝 위에 서 있다

* 相思 : 그리워하며 생각함

사람이 지닌 이목구비 중에서 눈동자처럼 그 사람을 나타내는 것은
없다. 그 눈동자를 보면 대개 그 사람의 인품을 알 수가 있다. -맹자-

于武陵(中)

勸君金屈巵 滿酌不須辭
花發多風雨 人生足別離

권군금굴치 만작불수사
화발다풍우 인생족별리

이 금빛 잔에 한 잔 따르겠네
넘치는 잔을 보고 부디 사양치 마소
꽃이 피면 으레 비바람 치는 것인데
인생에서 이별이야 흔한 것 아니겠나

* 金屈巵 : 황금색 술잔

십년만에 죽어도 역시 죽음이요 백년만에 죽어도 역시 죽음이다. 어진 이와 성인도 역시 죽고 흉악한 자와 어리석은 자도 역시 죽게 된다. 썩은 뼈는 한 가지인데 누가 그 다른 점을 알겠는가. 그러니 현재의 삶을 즐겨야지 어찌 죽은 뒤를 걱정할 겨를이 있겠는가. -열자-

高啓(中)

問春何處來　春來在何許
月墮花不言　幽鳥自相語

문춘하처래　춘래재하허
월타화불언　유조자상어

봄은 어디로부터 오나
봄은 어디쯤 와 있나
달은 지고 새벽녘인데도 꽃은 말이 없네
꾀꼬리는 아마도 꽃 속에서 지저귀겠지

* 幽鳥 : 꾀꼬리

넘어진다고 괴로워 마라 부딪친다고 아파 마라. 시간과 공간이 서로
부딪혀 존재가 이루어지듯이 삶은 항상 부딪치는 것. 거친 돌멩이가
숱한 부딪힘으로 아름다운 조약돌이 되듯이 고통은 완성의 다듬질이
다. -홍태수-

李崇仁(韓)

赤葉明村逕　清泉漱石根
地僻車馬少　山氣自黃昏

적엽명촌경 청천수석근
지벽차마소 산기자황혼

단풍잎이 시골길을 밝혀주고
맑은 물은 바위틈을 흘러가네
이 산골에 오가는 이들 없으니
저 산 위에 황혼 빛만 더해가네

＊地僻 : 깊은 산골

먹는 나이는 거절할 수 없고, 흐르는 시간은 멈추게 할 수 없다. 생장(生長)하고 소멸하고 성(盛)하고 쇠(衰)함이 끝나면 다시 시작되어 끝이 없는 것이다. ─장자─

北風吹白雲　萬里渡河汾
心緒逢搖落　秋聲不可聞

북풍취백운 만리도하분
심서봉요락 추성불가문

북풍이 흰 구름을 몰아가고 있다
만리 길에 河汾를 건너고 있는데
초목의 잎이 지는 걸 보니 가슴이 미어져
가을소리 마음 편히 들을 수가 없네

* 河汾 : 황하강가

가장 완전한 것은 무엇인가 모자란 듯 하다. 하지만 그 효용이 다함
이 없다. 충만한 것은 텅 빈 것같이 보인다. 하지만 그 효용에는 끝
이 없다. 크게 곧은 것은 굽은 것 같고 가장 뛰어난 기교는 서툴게
보이며 뛰어난 웅변은 눌변처럼 들린다. 움직이면 추위를 이길 수
있고 고요히 있으면 더위를 이길 수 있다. -노자-

耿湋(中)

返照入閭巷 憂來誰共語
古道少人行 秋風動禾黍

반조입여항 우래수공어
고도소인행 추풍동화서

저녁 노을 마을을 되비치고
이 괴로움 누구와 함께 나눌까
옛길이라 지나가는 사람은 거의 없고
가을바람만 벼와 수수를 흔들고 있네

＊禾黍 : 벼와 수수

차창을 내다볼 때 산도 나도 가더니 내려서 둘러보니 산은 없고 나
만 왔네. 다 두고 저만 가나니 인생인가 하노라. －노산－

嚴啓興(韓)

泉鳴僧未起 月出山逾靜
倚石發孤吟 離離松桂影

천명승미기 월출산유정
의석발고음 이리송계영

산속 샘물소리에도 스님은 일어나지 않고
달이 뜨니 산은 더욱 고요해라
돌에 기대 앉아 외로이 한 수 읊나니
솔 그림자 저렇게 하늘거린다

＊離離 : 멀어지는 모양

땅이 더러우면 많은 초목이 자라고 물이 너무 맑으면 물고기가 없다.
그러므로 군자는 때묻고 더러운 것도 받아들이는 수더분한 아량을
지녀야 하며 결백함을 좋아하며 홀로 행하려는 지조를 고수하지 말
지어다. −채근담−

虛靜(韓)

無心世上人 獨坐山中客
常對萬千峯 只看雲黑白

무심세상인 독좌산중객
상대만천봉 지간운흑백

세상에 무심한 사람이라
산중의 나그네로 홀로 앉아있네
언제나 일만이천 저 봉우리를 마주하여
다만 검고 흰 구름만 보고 있네

* 黑白 : 검어졌다 희어졌다 함

오래 엎드린 새는 필시 높이 날며 일찍 핀 꽃은 쉬이 지나니 어찌 새
나 꽃만 그러하랴. 사람의 모든 짓도 자연의 진리를 벗어날 수 없는
것. 모름지기 경거망동을 삼가고 칩거하여 깊이 깨달으라. -채근담-

涵月(韓)

終日忘機坐　諸天花雨飄
生涯何所有　壁上掛單瓢

종일망기좌 제천화우표
생애하소유 벽상괘단표

종일토록 나도 잊고 앉아 있는데
저 하늘이 꽃잎 뿌려 비내리게 하는구나
내 생애여 무엇이 남아 있는가
표주박 하나 壁 위에 걸려 있을 뿐

* 何所有 : 무엇이 있다는 건가

탐욕스런 자는 재산이 쌓이지 않으면 근심하며 교만한 자는 권세가
늘어나지 않으면 슬퍼한다. –장자–

李資玄(韓)

家在碧山岑 從來有寶琴
不妨彈一曲 祗是少知音

가재벽산잠 종래유보금
불방탄일곡 지시소지음

푸른 산봉우리 밑에 지은 작은 집에
옛부터 전해 오는 귀한 거문고 하나 있었네
한곡조 타는 것은 싫지 않으나
다만 음을 알아줄 사람이 적구나

*祗 : 다만

어리석은 사람이 사람을 물들이는 것은 마치 상한 고기를 가까이 하
는 것 같아서 미혹에 빠지고 허물을 되풀이 해서 어느새 더러운 사
람이 되게 한다. -법구경-

一笑卽相親 切磋又日新
忽從雲外去 腸斷楚山春

일소즉상친 절차우일신
홀종운외거 장단초산춘

한 번 보고 한 번 웃고 서로 친해버렸다
서로서로 갈고 닦기 나날이 새롭고 새롭더니
어느날 문득 구름 따라 가버렸다
그대 없는 이 봄엔 내 가슴 찢어지네

＊楚山春 : 깨끗하고 고요한 봄 산의 경치

티끌세상 벗어나기란 쉬운 일이 아니니
고삐끈을 단단히 잡고 온 힘을 기울여라.
뼛속 깊이 스며드는 추위를 겪지 않았다면
어찌 매화의 향기가 코 끝에 사무치랴. 황벽

百劫積集罪 一念頓蕩除
如火焚枯草 滅盡無有餘

백겁적집죄 일념돈탕제
여화분고초 멸진무유여

오랜 세월 동안 쌓인 죄업
한 생각으로 모두 없어지듯
마치 마른 풀을 태우듯이
모두 타 사라져 버려라

＊ 頓 : 조아림

젊음을 올바로 다스릴 줄 아는 사람만이 반드시 노년을 편안하게 지
낼 수 있다. -장자-

白雲(韓)

山僧貪月色 幷汲一瓶中
到寺方應覺 瓶傾月亦空

산승탐월색 병급일병중
도사방응각 병경월역공

산 속 스님이 달빛을 탐내어
우물 속에 비친 달을 병 속에 같이 담았네
절간에 이르면 비로소 알게 되리
물 쏟으면 병 속 달도 사라짐을

*貪月色 : 달빛이 아름다워 탐냄

사람은 산에서는 발을 헛디뎌서 넘어지지 않으나 아주 조그마한 개미둑 같은 언덕에서는 넘어지는 수가 있다. 큰일에는 조심하지만 조그마한 것은 소홀히 해서 큰일을 실패하는 수가 있다. ―묵자―

天鏡(韓)

客榻閑無事 支頤臥竹房
惟聞溪柳上 鶯歌一曲長

객탑한무사 지이와죽방
유문계류상 앵가일곡장

나그네 한가하니 아무 일 없어
턱을 괴고 대나무 방에 누워 있으니
오직 들리느니 개울가 버들가지 위의
꾀꼬리 소리 한곡조 참으로 기네

＊支頤 : 두 손으로 턱을 괴고 앉아 있음

옥을 갈고 다듬고 하지만 마지막에는 그런 장식을 없애고 소박한 것으로 돌아가게 하는 것이 좋은 것이다. 사람도 학문을 해서 지식을 넓히지만 결국에는 솔직한 천연 그대로의 자연 형태로 돌아가는 것이 좋다. ─장자─

金正喜(韓)

淸晨漱古井　古井紅如燃
不知桃花發　疑有丹砂泉

청신수고정 고정홍여연
부지도화발 의유단사천

새벽에 옛 우물가로 세수하러 갔더니
옛 우물 붉기가 불타는 것 같았다
복사꽃이 만발함을 미처 모르고
丹砂泉이 아닌가 의심했었다

＊丹砂泉 : 수은과 유황이 합하여 된 붉은 빛깔의 샘

사람의 마음이란 비유하건대 마치 얕은 대야에 담긴 물과 같은 것이
다. 조용하여 그대로 두게 되면 물체를 잘 비출 수가 있으나 조금만
움직이게 해도 비추지 못하게 된다. ―순자―

涵月(韓)

月入松聲白 松含月色寒
贈君般若劍 歸臥月松間

월입송성백 송함월색한
증군반야검 귀와월송간

달빛 들어오니 솔바람 희고
솔잎은 달빛 머금어 차갑기만 하네
그대에게 지혜의 검을 주노니
돌아가 달빛과 소나무 사이에서 사시게

* 般若 : 지혜

새가 뜻하지 않은 곳에서 날아 오르면 반드시 거기에는 복병이 있는
것이고 아무 일이 없는데도 짐승이 놀라 달아나면 거기에 적이 숨어
있다는 것이다. -순자-

栢庵(韓)

已届天中節　榴花五月時
思君倚樓柱　山雨細如絲

이계천중절 류화오월시
사군의루주 산우세여사

벌써 단오절이 돌아왔나
석류꽃이 피니 지금은 오월이네
그대를 생각하며 다락 기둥에 의지하나니
산속 비는 가늘어서 실낱 같아라

*天中節 : 오월 단오

삶이 어렵다고 말하지 마라. 나는 觀音粥(진흙)을 먹으면서 먹을 갈고
글씨를 익히고 그림을 그리고 도장을 새기는 시절이 있었다. -오창석-

翠微(韓)

林間忽迷路　亂岫飛黃葉
風雨峽中多　歸來衣盡濕

임간홀미로 난수비황엽
풍우협중다 귀래의진습

숲속에서 문득 길을 잃었네
험한 골짜기 낙엽만 날리고
비바람은 골짜기에 가득해
돌아오는 길에 옷만 모두 젖었네

＊峽中 : 골짜기

인정으로서 어버이를 잊어버릴 수는 없는 것이나 잊어버리고자 하면
잊어버릴 수는 있다. 그러나 어버이가 나를 잊어버리게 할 수는 없
다. 자식이 어버이를 생각하는 정보다 어버이가 자식을 생각하는 정
이 훨씬 깊고 크다. -장자-

布袋和尙(中)

一鉢千家飯 孤身萬里遊
青日覩人少 問路白雲頭

일발천가반 고신만리유
청일도인소 문로백운두

발우 하나로 천 집의 밥을 얻으며
외로운 이몸 만리를 떠도네
밝은 날에도 사람조차 보기 어려워라
갈 길 묻다 머리털만 희어졌네

* 白雲頭 : 백발

젊었을 때 노력을 해서 재물을 구해놓지 못한 사람은 고기 없는 연못
가의 늙은 백로처럼 쓸쓸히 죽어갈 것이다. -법구경-

雲峰(韓)

非山又非野 庵隱松竹岑
僧睡雀復譊 且道是何心

비산우비야 암은송죽잠
승수작복체 차도시하심

산도 아니고 들도 아닌 곳
소나무 대밭 자락에 암자는 숨어 있네
중은 졸고 참새만 지저귀니
도대체 이것이 무슨 마음이란가

* 岑 : 산봉우리

사람을 죽이는 것을 좋아하지 않는 자가 천하를 통일할 것이다. 그 이유는 모든 사람이 그 자의 편이 될 것이기 때문이다. ─맹자─

夜雨花落城　鳥未益春情
去來本空寂　白月流照明

야우화락성 조미익춘정
거래본공적 백월류조명

지난 밤비에 꽃은 떨어지고
새는 춘정을 못 이겨 울고만 있네
가고 옴이란 본래 없는 것인데
흰 달만이 홀로 저리 비추고 있네

* 空寂 : 본래 없는 것

꽃은 떨어지는 향기가 아름답습니다.
해는 지는 빛이 곱습니다.
노래는 못 마친 가락이 묘합니다.
님은 떠날 때의 얼굴이 더욱 어여쁩니다. −만해−

清虛(韓)

風定花猶落　鳥鳴山更幽
天共白雲曉　水和明月流

풍정화유락 조명산갱유
천공백운효 수화명월류

바람은 자는데 꽃잎은 오히려 떨어지고
새 우는데 산속은 더욱 그윽하네
하늘은 백운과 더불어 새벽이 오고
물은 달빛과 어울려 흐른다

*明月流 : 달빛이 물 흐르듯 함

세상에 남자란 부귀영달을 위해 비굴한 행동을 할 때가 있다. 그것을
아내나 첩이 안다면 부끄러워 울지 않을 자가 없을 것이다. -맹자-

曼庵(韓)

德用誰稱量 松風展廣舌
面面帶長春 心心凌白雪

덕용수칭량 송풍전광설
면면대장춘 심심릉백설

그 덕행을 뉘 감히 헤아리며
솔바람은 광장설을 펴고 있네.
얼굴마다 얼굴마다 봄 기운 가득하고
마음은 마음은 흰 눈보다 더 희네

* 廣舌 : 광장설. 온갖 이치가 들어있는 부처의 소리

영원히 살 것처럼 배우고 내일 죽을지 모르는 것처럼 살아라. - 간디 -

窓外風鳴竹 階前月掛松
談空欲夜盡 童子報晨鐘

창외풍명죽 계전월괘송
담공욕야진 동자보신종

창밖의 바람은 대나무를 울리고
섬돌 앞 달은 소나무에 걸렸네
길고 긴 이야기로 한밤을 다 보내니
어디서 새벽의 종소리 들려오네

* 月掛松 : 소나무 사이에 걸린 달

친구한테 속지 않으려고 애쓰는 것보다도 차라리 친구한테 속는 사
람이 행복하다. 친구를 믿는다는 것은 설사 친구한테 속더라도 어디
까지나 나 자신만은 성실했다는 표적이 된다. 채근담

心隨萬境轉　轉處實能幽
隨流認得性　無喜亦無憂

심수만경전 전처실능유
수류인득성 무희역무우

이 마음은 만경을 따라 뒤집히나니
뒤집히는 곳마다 모두 그윽하다네
이 흐름을 따라 본성을 깨닫게 된다면
슬픔도 없고 또한 기쁨도 없다네

＊萬境 : 주관에 대한 객관의 경계

옛 사람들이 함부로 말을 입 밖으로 내지 않는 것은 자기의 실천이
말을 따르지 못할까 두려워했기 때문이다. -논어-

天隱(中)

半嶺薄雲縈 中天月色淸
秋來多夜坐 煮茗待鐘聲

반령박운영 중천월색청
추래다야좌 자명대종성

산 마루 흰 구름 걸리고
하늘에는 달빛이 차갑네
가을 밤 홀로 오래 앉아
차 끓이며 새벽 종소리 기다리네

*煮茗 : 차를 끓임

물이 그 근원을 배반하면 냇물이 마르고 사람이 믿음을 배반하면 이름을 더럽게 된다. -장자-

幻惺(韓)

盡日忘機坐 春來不識春
鳥嫌僧入定 窓外喚山人

진일망기좌 춘래불식춘
조혐승입정 창외환산인

종일토록 나를 잊고 앉아 있나니
봄은 왔지만 봄을 알지 못하네
산새는 스님이 선정에 드는 것 싫어서
창밖에서 산사람을 불러들이네

*入定 : 고요함에 이르는 것

민심을 모으기는 어렵지 않다. 사랑하면 가까워지고 이익을 주면 모여
들며, 칭찬을 주면 부지런히 일하고 비위를 거슬리면 흩어진다. -장자-

無名氏

本是山中人 愛說山中話
五月賣松風 人間恐無價

본시산중인 애설산중화
오월매송풍 인간공무가

본시 산 사람이라
산중 이야기 즐겨 하노라
오월의 솔 바람을 팔고 싶지만
그대들 값 모를까 그게 두렵네

* 恐無價 : 값어치를 모를까 두려워함

구르는 돌에는 이끼 낄 틈이 없고, 밭을 가는 쟁기는 녹이 슬지 않듯이 쉬지 않는 육체는 병들 틈이 없고, 사고하는 머리 속엔 잡념이 들 틈이 없다. -홍태수-

日暮蒼山遠 天寒白屋貧
柴門聞犬吠 風雪夜歸人

일모창산원 천한백옥빈
시문문견폐 풍설야귀인

날 저무니 산은 더욱 멀고
추운 하늘 초가삼간은 쓸쓸하네
사립문에 개 짖는 소리 들리더니
눈보라 속에 돌아오는 사람이 있네

＊白屋 : 가난한 집

곧게 뻗은 바른 길보다는 굽이진 오솔길을 가고 싶습니다. 긴 여정
의 아픔도 있겠지만 오솔길에는 사랑이 살기 때문입니다. -신동선-

栢庵(韓)

月黑秋山空　蕭蕭葉下樹
孤燈照不眠　聽灑寒溪雨

월흑추산공 소소엽하수
고등조불면 청쇄한계우

달은 지고 가을산은 텅 비었는데
우수수 잎 지는 나뭇가지들
외로운 등불만이 홀로 잠 못 드는데
차디찬 개울 물이 빗소리처럼 들리네

* 蕭蕭 : 소슬함.

만일 우리에게 겨울이 없다면 봄은 그토록 즐겁지 않을 것이다. 우
리들이 이따금 역경을 맛보지 않는다면 성공은 그토록 환영받지 못
할 것이다. -브래드스트리트-

栢谷(韓)

客路孤雲外　離亭亂樹中
青山一白衲　飄拂又春風

객로고운외 이정란수중
청산일백납 표불우춘풍

나그네 길은 외로운 구름 밖이요
이별한 정자는 저 숲속에 있네
푸른 산 누더기 옷 입은 나그네
봄 바람에 옷깃 펄럭이며 가네

*離亭 : 이별하는 정자

소나무가 바람을 막았다. 부처님이 흐뭇해 하신다. 눈내리는 겨울 밤
스님방은 따뜻한데 부처님방은 썰렁하다. 그래도 부처님은 빙그레
웃으신다. ─失名─

清虛(韓)

風行雲吐月　樹密葉生秋
堆枕起增歎　長江不盡流

풍행운토월 수밀엽생추
퇴침기증탄 장강부진류

바람불어 구름은 달을 토해내고
나무마다 잎들은 가을 소리네.
목침에 누웠는데 탄식만 더하고
긴 강은 그 흐름만 묵묵하다네

＊堆枕 : 목침

기다림을 아는 이와 사랑을 하세요.
그래야 행여나 당신이 방황할 때 그저 이유 없이 당신을 기다려 줄
테니까요. ―김남조―

萬樹寒無色 南枝獨有花
香聞流水處 影落野人家

만수한무색 남지독유화
향문유수처 영락야인가

나뭇가지마다 잎 다 졌는데
남쪽 가지에 꽃 한 송이 홀로 피었네
그 향기 물 따라 멀리 흐르고 흘러
꽃 그늘이 야인가를 길게 덮었네

*野人家 : 평범하게 묻혀 사는 은자의 집

벼슬자리 없는 것을 걱정하지 말고 벼슬에 올라설 수 있을 만한 자기의 학식이나 능력에 대해 걱정하라. 또 남이 나를 몰라주는 것을 걱정 말고 남들에게 알려질 만한 일을 하려고 애써라. -논어-

白雲(韓)

飢食困來眠 無心萬境閑
但依本分事 隨處守現成

기식곤래면 무심만경한
단의본분사 수처수현성

배고프면 먹고 피곤하면 자거니
마음이 비어 있어 언제나 넉넉하네
단지 본래 마음 잃지 않는다면
그 어느 곳이든 극락 아니랴

＊現成 : 지금 현재 이대로 완벽함

꿈을 꾸고도 그것이 꿈인 줄 모르고 꿈속에서 지금 꾼 꿈의 길흉을
점친다. 인생은 결국 꿈속의 꿈이다. 사람은 좋은 꿈을 꾸면 기뻐하
고 흉한 꿈을 꾸면 걱정한다. 그러나 그것도 결국은 꿈속의 일임을
알아야 한다. -장자-

清虛(韓)

萬里飄流客 途中換幾霜
青山聞杜宇 白髮便還鄉

만리표류객 도중환기상
청산문두우 백발편환향

만리에 떠도는 나그네
그 사이 봄 세월은 얼마나 바뀌었는가
푸른 산 두견이 우는 소리 들으며
백발이 다 되어 고향으로 돌아가네

＊霜 : 기나긴 세월

한 번 흐르면 다시는 돌아오지 않는 것이 세월이고 부모이다. -공자-

無名

衆鳥同枝宿 天明各自飛
人生亦如此 何必淚沾衣

중조동지숙 천명각자비
인생역여차 하필루점의

무리진 새들 같은 가지에 잠자다가
하늘 밝으니 각자 날아가네
人生 또한 이와 같아서
어찌 필히 눈물로 옷을 적실 것이냐

*沾 : 적시다

아무리 신묘한 약이라도 원한의 병은 고치기 어렵고 뜻밖에 생긴 재물도 운명이 궁한 사람을 부자로 만들지 못한다. 일을 저지르고 나서 일이 생겼다고 원망하지 말며 남을 해치고 나서 남이 나를 해치는 것을 성내지 말라. 천지간 모든 일은 다 응보가 있나니 그 갚음이 멀면 자손에게 있고 가까우면 자기 몸에 있다. ─재동제군─

竹西朴氏(韓)

窓外彼啼鳥 何山宿更來
應識山中事 杜鵑開未開

창외피제조 하산숙갱래
응식산중사 두견개미개

창밖의 저 우는 새야
어느 산에서 자고 다시 왔느냐
산중의 일은 잘 알 것 같으니
두견이 피었더냐 안 피었더냐

＊應識 : 미루어 앎.

작은 죄 소홀히 하여 큰 재앙 부른다네. 물방울 작지만 큰 그릇 채
우듯이 찰나에 지은 죄로 무간에 떨어지면 어느 때 기약하여 이 고
통을 면하리. ―법구경―

虛靜(韓)

青山白雲來 白雲靑山去
青山本不動 白雲無定處

청산백운래 백운청산거
청산본부동 백운무정처

청산에 흰 구름 오고
흰 구름 청산으로 간다
청산은 본래 움직이지 않는데
흰 구름만 정처 없이 떠도네

＊無定處 : 정해진 곳이 없음

아무리 행복한 사람일지라도 언젠가 고통 받기 마련인 것이다. 사는
일 외에도 태어나고 죽는 것까지 모두 고통이다. 그래서 인생살이는
苦海라 하지 않았나 -최윤희-

影海(韓)

天外雲歸夕 南郊日善初
牧童橫笛處 山雨亂疎疎

천외운귀석 남교일선초
목동횡적처 산우난소소

하늘 밖 구름은 저녁이면 돌아오고
남녘들엔 황혼이 물들기 시작하네
목동이 피리 부는 곳에는
산비만 어지러이 지나가겠네

＊疎疎 : 거칠게 흩뿌림

하늘과 땅이 이미 열리어서 이에 사람들이
그 안에서 살아왔네 안개를 토해서 너를 헤매게 하고
바람을 불어서 너를 깨어나게 하며
부귀를 주어서 너를 아끼게 하고 빈천을 주어서
너를 시달리게 하나니 구차스레 허덕이는 모든 사람들아
만사는 모두 하늘에 있다네 -한산-

虛白(中)

飛錫天涯客 行裝只一簦
身心如放下 隨處任騰騰

비석천애객 행장지일등
신심여방하 수처임등등

지팡이 날리며 가는 저 나그네
그 행장은 다만 우산 하나 뿐인데
몸과 마음 다 놓아 버렸으니
가는 곳마다 자유롭고 걸림이 없네

*簦 : 자루가 길고 큰 삿갓 비슷한 우산

도리를 돈독하게 지키지 못하며 사물을 널리 분별하지 못하며 옳고
그름을 살피어 분간하지 못하는 자는 더불어 어울릴 사람이 되지 못
한다. ―묵자―

霜月(韓)

人間無住着 物外閑來去
明月幾千溪 白雲無定處

인간무주착 물외한래거
명월기천계 백운무정처

인간세상에 머물지 않고
물질 밖에 한가로이 오고 가네
개울개울마다 달은 밝은데
흰 구름은 정처가 없네

* 住着 : 머물러 있음

고기가 썩으면 구더기가 생기고 생선이 마르면 좀벌레가 생긴다. 나
태함으로써 자신을 잊는다면 재앙이 곧 닥칠 것이다. -순자-

嬾煮澗邊蔌　濃煎睡後茶
禪心淸似水　不必誦恒沙

란자간변속 농전수후다
선심청사수 불필송항사

물가에서 느긋하게 채소를 삶고
낮잠 뒤에는 차를 진하게 달이네
선심은 그 맑은 물과 같나니
굳이 경전 따위 읽을 필요가 없네

＊誦恒沙 : 많은 책을 읽는다는 것

자연의 저습지에서 살고 있는 꿩은 십보를 가서 겨우 한 번 모이를 쪼고 백보를 가서 한 번 물을 마시는 부족한 생활을 하고 있다. 그래도 마음대로 실컷 먹을 수 있는 새장 속에서 살기를 원하지 않는다. 자유스런 생활이 바람직한 것이다. -장자-

休靜(韓)

落花香滿洞 啼鳥隔林間
僧院在何處 春山半是雲

낙화향만동 제조격림간
승원재하처 춘산반시운

낙화의 향기 골짜기에 가득하고
우는 새소리 숲 저 멀리 들리네
절은 어느 곳에 있는가
봄 산의 반은 구름 뿐이네

＊僧院 : 산 속의 절

자기를 높이는 자 낮아지고, 자기를 낮추는 자 높아진다. ‒성경‒

吾家一白犬　見客不知吠
紅桃花下宿　花落犬鬚在

오가일백견 견객부지폐
홍도화하숙 화락견수재

내 집에는 한 마리 흰 개가 있는데
손님 보고 짖을 줄을 모르네
붉은 桃花 아래서 저리 잠만 자니
꽃 떨어져 개 수염에 가득 쌓이네

* 花下宿 : 꽃 아래서 잠

다른 사람의 마음을 헤아리려거든 먼저 자신 스스로의 마음을 헤아려 보라. 남을 해치는 말은 도리어 스스로를 해치는 것이니 피를 머금어 남에게 뿜으면 먼저 제 입을 더럽게 한다. ─강태공─

尹愭(韓)

日暮朔風起　天寒行路難
白烟生凍樹　山店雪中看

일모삭풍기 천한행로난
백연생동수 산점설중간

해 지자 매운 바람 살을 에이듯 매섭고
날씨 추워 길 걷기는 더욱 어렵네
흰 연기조차 숲속에서 얼어버리고
조그만 술집만 눈 속에 보이네

* 行路難 : 길이 험해 가는데 어려움

한가로운 이 삶이여 시비에 오를 일 없거니
한 가지 향을 사르며 그 향기에 취하네.
둘 다 깨면 차가 있고 배고프면 밥 있나니
걸으면서 물을 보고 앉아선 구름을 보네. -요암-

金普(韓)

爲訪淸溪好　策驢淸溪道
人臥澗邊沙　驪放夕陽草

위방청계호 책려청계도
인와간변사 려방석양초

淸溪의 풍경이 좋다기에
나귀를 채찍질하며 길을 떠났네
사람들은 모래 가에 누워 즐기고
나귀는 저물도록 풀 위를 뒹구네

* 策驢 : 나귀를 채찍질 함

남자가 가르침을 받지 못하면 자라서 반드시 미련하고 어리석어진다.
여자가 가르침을 받지 못하면 반드시 거칠고 솜씨가 없다. -강태공-

金宇顒(韓)

山人不可見　山路黑如漆
何以贈夫君　巖頭一片月

산인불가견 산로흑여칠
하이증부군 암두일편월

산속에 사는 사람이니 보일 리 없어
나를 찾아오는 산길은 칠흑 같다네
그대에게 줄 게 아무것도 없으니
산꼭대기 조각달이나 바라보고 가게나

＊一片月 : 조각달

그 일들을 알고자 하면 먼저 그 신하를 보고 그 사람을 알고자 하면
그 벗을 보고 그 아버지를 알고자 하면 먼저 그 자식을 보라. 임금
이 거룩하면 그 신하가 충성스럽고 아버지가 인자하면 그 자식이 효
성스럽다. -왕량-

主人不相識　偶坐爲林泉
莫謾愁沽酒　囊中自有錢

주인불상식 우좌위림천
막만수고주 낭중자유전

주인과는 아는 바 없지만
이리 앉아 있는 건 경치가 멋지기 때문이요
그러하니 술 사올 걱정은 하지를 마시오
내 호주머니 돈이 있으니

* 囊中 : 주머니 속

짐이 가벼우면 가벼울수록 우리의 행동은 보다 더 자유로울 것이다.
그러나 우리는 현재 얼마나 많은 짐을 가지고 있고, 또 애써 가지려
고 하는가. 우리의 어떻게 할 수 없는 짐인 이 살덩이조차 거북해
하면서. -부처-

陶淵明(中)

春水滿四澤　夏雲多奇峰
秋月揚明輝　冬嶺秀孤松

춘수만사택 하운다기봉
추월양명휘 동령수고송

봄은 물이 많아 사방 연못에 가득 차고
여름은 뭉게구름 떠 기이한 봉우리 만든다
가을은 달 밝아 온누리에 밝히고
겨울은 눈 덮인 산에 소나무만 외로이 서 있다

＊四澤 : 사방의 연못

오른손으로 원을 그리고 왼손으로 사각형을 그리면 양쪽 모두 이루
어지지 않는다. -한비자-

張九齡(中)

宿昔靑雲志 蹉跎白髮年
誰知明鏡裏 形影自相憐

숙석청운지 차타백발년
수지명경리 형영자상련

옛날에는 청운의 뜻을 품었지만
우물쭈물하다가 백발의 나이가 되었네
누가 거울 속의 모습을 알았으랴
나와 내 그림자 서로 불쌍히 여기게 되리라고

* 蹉跎 : 미적거리며 시기를 놓침

가난하다고 탓하지 마라. 나는 들쥐를 잡아먹으면서 더 연명했다. 작은 나라에서 태어났다고 하지 마라. 나의 병사들은 적군의 1백분의 1에 불과했지만 세계를 정복헸다. 배운 게 없다고 탓하지 마라. 나는 이름도 쓸 줄 몰랐지만 남의 말에 귀기울이며 현명해지는 것을 배웠다. 너무 막막해 포기하겠다고 하지 마라. 나는 목에 칼을 쓰고서도 탈출했고 밤에 화살을 맞고도 살아났다. -징기스칸-

李白(中)

牀前看月光 疑是地上霜
擧頭望山月 低頭思故鄕

상전간월광 의시지상상
거두망산월 저두사고향

평상 위에 비치는 달빛을 보고
땅위에 서리가 내렸는가 의심하였다
머리 들어 산에 걸린 달 바라보고 있으니
고향생각에 머리 숙여진다

* 看月光 : 明月光

뿌리가 깊이 박힌 나무는 베어도 움이 다시 돋는다. 욕심을 뿌리째
뽑지 않으면 다시 자라 괴로움을 받게 된다. 탐욕에서 근심이 생기
고 탐욕에서 두려움이 생긴다. 탐욕에서 벗어나면 무엇이 근심이고
무엇이 두려우랴. -법구경-

柳巷還飛絮　春餘幾許時
吏人休報事　公作送春詩

류항환비서 춘여기허시
리인휴보사 공작송춘시

버드나무 길에는 버들가지 꽃 바람에 날리고
봄도 이제 얼마 남지 않았나보다
일꾼들이여 잠시 일을 멈추게나
나는 지금 가는 봄을 시로 쓰려 하네

＊吏人 : 하급 관리들

나이는 시간과 함께 달려가고 뜻은 세월과 더불어 사라져 간다. 드
디어 말라 떨어진 뒤에 궁한 집 속에서 슬피 탄식한들 어찌 되돌릴
수 있으랴. -소학-

李紳(中)

鋤禾日當午　汗滴禾下土
誰知盤中餐　粒粒皆辛苦

서화일당오 한적화하토
수지반중찬 입입개신고

호미 들고 김매는데 벌써 낮이로다
땀방울 흘러 흘러 이삭 속까지 젖나니
그 누가 알까. 이 상 위에 놓인 밥이
알알이 모두 농부의 피땀인 것을

*當午 : 정오

개미 한 마리가 보리 한 알을 물고 담을 오르다가 예순아홉 번 땅에 떨어지고 일흔 번째 담에 올라섰다. 이것이야말로 절대로 변하지 않는 성공의 비결이다. -스코트-

袁彭(中)

江水三千里　家書十五行
行行無別語　只道早還鄉

강수삼천리 가서십오행
행행무별어 지도조환향

강물 건너고 건너 삼천 리나 떨어진 곳
집에서 온 편지는 겨우 열다섯 줄이라
줄마다 별다른 말은 없고
그저 빨리 고향으로 돌아오라고만 하네

* 家書 : 집에서 보낸 편지

살아가면서 언제나 그리운 사람이 있다는 것은 오늘이 지루하지 않
아서 기쁘다. 살아가면서 언제나 그리운 사람이 있다는 것은 늙어가
는 것을 늦춰서 기쁘다. -조병화-

王守仁(中)

溪邊坐流水　水流心共閑
不知山月上　松影落衣斑

계변좌류수 수류심공한
부지산월상 송영락의반

시냇가에 흐르는 물 바라보며 앉았노라면
물 흐름도 내 마음과 같이 한가롭다
멍하니 산 위에 달이 뜬 것도 몰랐는데
어느덧 솔 그림자 내 옷에 얼룩지고 있다

＊坐流水 : 흐르는 물을 바라보고 앉음

새벽달은 게으른 사람들에게는 만나보기 어렵다. 누구에게나 똑같이
주어진 하루 스물네 시간이지만 그 시간을 유용하게 쓸 줄 아는 사
람만이 누릴 수 있는 자연의 은혜. -법정-

塵世肯同遊 草堂閑獨臥
柴扉向夕開 落照紅於火

진세긍동유 초당한독와
시비향석개 낙조홍어화

세상 속에 묻혀 내멋대로 노닐다가
풀집에 한가로이 홀로 누웠네
사립문은 저녁을 향해 열려 있는데
노을 빛은 타는듯이 물들고 있네

* 柴扉 : 사립문

인내함으로써 성사되는 것을 본 적은 있지만 분노함으로써 일이 이
루어진 것을 본 적은 일찍이 없다. -장자-

姜栢年(韓)

十里無人響　山空春鳥啼
逢僧問前路　僧去路還迷

십리무인향 산공춘조제
봉승문전로 승거노환미

십리를 가도 사람 소리 들리지 않고
빈산에 봄 새들만 지저귀네
스님을 만나 길을 물었는데
스님이 가고 나서는 길을 잃어버렸네

＊人響 : 사람 소리

마음에 물결이 일지 않고 고요하면 이르는 곳마다 청산녹수요 본성이
온화하여 덕이 있으면 어디를 가나 물고기가 연못에서 뛰놀고 솔개가
하늘 높이 날아오르는 자유롭고도 활달한 기상을 볼 수 있다. －채근담－

天鏡(韓)

水是波中在 道非身外求
安貧眞汝樂 到處遂忘憂

수시파중재 도비신외구
안빈진여락 도처수망우

물은 이 파도 가운데 있으니
도를 몸 밖에서 구하지 말게나
안빈은 진정한 즐거움이거니
가는 곳마다 근심걱정은 하지 말게

＊安貧 : 궁하면서 편안한 마음으로 살아가는 것

사람은 누구나 죽는다. 사람 뿐이 아니다. 살아 있는 모든 것은 아무
도 죽음을 피할 수가 없다. 그것은 누구에게나 필연적인 것이다.
－법구경－

翠微(韓)

山非招我住 我亦不知山
山我相忘處 方爲別有閑

산비초아주 아역부지산
산아상망처 방위별유한

산이 나를 부른 것 아니고
나 또한 산을 알지 못하네
산과 나 서로 잊은 곳에
바야흐로 세상 밖의 한가로움 있다네

뜻대로 안 된다고 걱정 말고 뜻대로 된다고 기뻐하지 말며 오래도록
무사평안을 믿지 말고 시작할 때의 어려움을 두려워 말라. -채근담-

鞭羊(韓)

金色秋天月　光明照十方
衆生水心淨　處處落葉光

금색추천월 광명조시방
중생수심정 처처락엽광

그대 고운 얼굴 가을 달이여
그 모습 온누리 환히 비친다
이 마음 물 같이 맑으면
가는 곳마다 단청빛 세상이리

* 衆生 : 생명을 가지고 있는 一切

무릇 사람들이 선해지려 하는 것은 본성이 악하기 때문이다. 대저
세상 사람들은 얕으면 두터워지기를 바라고 보기 흉하면 아름다워지
기를 바라며 좁으면 넓어지기를 바라고 가난하면 부(富)해지기를 바
라며 천하면 귀해지기를 바란다. 진실로 자기 가운데 없는 것은 반
드시 밖에서 구하게 되는 법이다. -순자-

晦庵(韓)

踏花香滿屐 捫石冷侵衣
怊悵尋朋客 披雲獨自歸

답화향만극 문석냉침의
초창심붕객 피운독자귀

꽃 밟은 香氣 신발 속까지 가득하고
돌의 찬기운에 옷자락마저 젖는다
울적하여 벗 찾아온 나그네
구름을 헤치며 외로이 가고 있다

* 怊悵 : 슬퍼함

천하가 하나의 새장이라고 생각한다면 참새들은 도망갈 곳이 없다.
즉 마음을 넓게 가지면 세상의 모든 것이 자기의 품 안에 있는 것이
다. ‑장자‑

白雲(韓)

我身本不有 心亦無所住
作灰散四方 勿占檀那地

아신본불유 심역무소주
작회산사방 물점단나지

이 몸 본래 있지 아니하고
마음 또한 머무른 바 없으니
재로 만들어서 사방에 뿌리되
어느 땅을 접하여 묻지 말아라

*檀那 : 남에게 물건을 가져다주는 일

마음이 유쾌하면 종일 걸을 수 있고 괴로움이 있으면 십리 길도 지친다. ─순자─

千山萬水路　天涯獨去身
莫論去與住　都是夢中人

천산만수로 천애독거신
막론거여주 도시몽중인

일천 산 만 가지 물길 따라
저 아득히 홀로 가는 몸이여
가고 머무는 것을 묻지 마라
우리 모두가 꿈 속의 사람이니

성실 하나로 살아가고 있는 사람이 남에게 감동을 주지 못했다는 예
는 이제까지 하나도 없다. 한편 성실과는 거리가 먼 사람이 남에게
감동을 주었다는 예도 이제까지 하나도 없다. -맹자-

鏡虛(韓)

喧喧寧仰獻 攘攘不如眠
永夜空山月 光明一枕前

훤훤녕앙헌 양양불여면
영야공산월 광명일침전

시끄러움이 어찌 침묵만 하며
어지러이 소란 피우느니 잠이나 자라
긴 밤 빈 산중의 달이
베갯머리 맡에 은은히 비치고 있다

*攘攘 : 소란 피움.

물고기와 귀한 손(賓)은 사흘이 지나면 냄새가 난다. - 릴리-

簫條三間屋　終日無人親
獨坐閑窓下　唯聞落葉頻

소조삼간옥 종일무인친
독좌한창하 유문낙엽빈

쓸쓸한 초막에
온종일 찾는 사람 없어
나홀로 창문 아래 앉아 있나니
들리는 것 잎 지는 소리 뿐이네

＊三間屋 : 비좁고 보잘것없는 집

암탉은 새벽에 울지 않는다. 암탉이 새벽을 알렸다면 그집 일은 음
양이 바뀌어 불길하게 되리라. ―사기―

豊干(中)

本來無一物 亦無塵可拂
若能了遠此 不用坐兀兀

본래무일물 역무진가불
약능료원차 불용좌올올

본래 한 물건도 없음이여
티끌 묻을 것 또한 없는 것이니
만일 이 이치를 깨달았다면
마주 앉아 있을 필요 없네

* 兀兀 : 움직이지 않는 모양

달팽이 뿔마냥 좁은 곳에서 다투긴 무얼 다투니, 부싯돌에 번쩍이는
불꽃같은 세월에…. ―채근담―

100

安鼎福(韓)

物以天機動　人惟私欲橫
省存工不已　此理漸看明

물이천기동 인유사욕횡
성존공불이 차리점간명

만물은 하늘을 따라 움직이는데
사람만이 유독 욕심 구덩이에 뒹구네
끊임없이 닦고 반성하면
그 이치 점점 밝아지리

* 漸看明 : 점점 밝아짐

믿음이 있어야 거센 물결을 건너고, 게으르지 않아야 바다를 건너며,
수행에 힘써야 고통을 떠날 수 있고, 지혜로워야 청정함을 얻느니라.
－부처－

青山如故人 江水似美酒
今日重相逢 把酒對良友

청산여고인 강수사미주
금일중상봉 파주대양우

청산은 벗 같고
江水는 좋은 술 같다
오늘 다시 서로 만나게 되니
술잔 들어 좋은 술 마셔나 볼까

＊故人 : 벗

서로 사랑하는 것을 잊는다는 것은 집안이 흐트러지는 근본이 된다.
-묵자-

月色窓門白 松聲枕上清
此中多意趣 難與世人評

월색창문백 송성침상청
차중다의취 난여세인평

달빛은 창문에 희고
솔바람 소리에 베개 위는 맑고도 맑다
이 가운데의 무한한 정겨움을
세인들이야 어찌 평하겠나

근원이 깨끗하고 맑으면 그 흐름도 깨끗하고 맑다. 근원이 흐리고
탁하면 그 흐름도 흐리고 탁하다. 모든 것은 근본을 바르게 해야 하
는 것이다. 위가 바르면 아래는 저절로 바르게 되는 것이다. -순자-

梅溪(中)

曉風飄聲遠 夜雪入廓深
念載禪房宿 慇懃自洗心

효풍표성원 야설입확심
넘재선방숙 은근자세심

새벽 바람에 풍경소리 멀리 가고
저녁 눈발 문틈 속으로 날아드네
온갖 것 다 놓고 선방에 앉아
고요하게 마음자리 씻고만 있네

*念載 : 생각하다

그대 울지 마라. 외로우니까 사람이다. 살아간다는 것은 외로움을 견
디는 일이다. 가끔은 하느님도 외로워서 눈물을 흘리신다. 새들이 나
뭇가지에 앉아 있는 것도 외로움 때문이고 네가 물가에 앉아 있는
것도 외로움 때문이다. -정호승-

松暗水涓涓　夜涼人未眠
西峰月猶在　遙懷草堂前

송암수연연　야량인미면
서봉월유재　요회초당전

솔숲 깊은데 물이 흐르고
밤기운마저 서늘하여 잠 못 이루네
서쪽 산봉우리 아직 달이 있나니
저 멀리 그대의 풀집이 그리워지는군

*涓涓 : 물이 흐름

사람은 백년을 채 못 살지만 항상 천년의 시름을 안고 있다. −고문진보−

落月五更半　鳴泉一枕西
如何林外鳥　終夜盡情啼

낙월오경반 명천일침서
여하림외조 종야진정제

달도 지고 새벽녘
들리는 샘물 소리 서쪽가에 있네
어찌하여 저 숲의 새는
밤새도록 저리 울고 있는가

＊五更 : 3~5시

이보오 사람들아 재산과 지위 믿고 가난한 나그네를 비천하며 괄시
마오. 어쩌다 부귀빈천 지위는 다르지만 인간은 본디부터 평등한 것
이라네. ─법화경─

東風一吹過　花落滿溪紅
山出白雲外　僧歸夕照中

동풍일취과 화락만계홍
산출백운외 승귀석조중

동풍이 불어 지나가니
꽃잎은 떨어져 개울 가득 붉었네
산은 흰 구름 속에서 나오고
중은 석양 속으로 돌아가네

＊夕照：저녁노을

털려고 들면 먼지 없는 이 없고 덮으려 들면 못 덮을 허물 없으되 누구의 눈에 들기는 힘들어도 그 눈 밖에 나기는 한 순간이다. ﹣목민심서﹣

花落僧長閉 春尋客不歸
風搖巢鶴影 雲濕坐禪衣

화락승장폐 춘심객불귀
풍요소학영 운습좌선의

꽃지는 곳 절문은 닫혀 있고
봄 찾아온 나그네 돌아갈 줄 모르네
바람은 둥우리의 학그림자 흔들고
구름은 앉은 중의 옷자락을 적신다

*僧長閉 : 절문이 오랫동안 닫혀있음

푸른 산 깊숙이 俗塵은 끊겼고, 다실의 창마다 산이 펼쳐졌네. 곡우
는 햇차 따기 좋은데, 차 솥에 물 끓자 벗은 찾아오고. -문징명-

栢庵(韓)

君在白雲山　白雲無定處
來往白雲來　去遂白雲去

군재백운산 백운무정처
내왕백운래 거수백운거

그대는 백운산에 있는데
흰 구름은 정처 없이 떠가네
올 때는 흰 구름과 더불어 왔다가
갈 때는 흰 구름 따라 가네

*無定處 : 한 곳에 정해있지 않음

사람은 수치를 알아야 한다. 수치를 모르는 사람처럼 무서운 것은
없다. 수치를 부끄러워 하는 마음이 있으면 그 사람은 수치스러움이
없는 사람이다. -맹자-

幻惺(韓)

凉月忽東峯　天寒山氣蕭
秋風一葉飛　孤客窓間宿

량월홀동봉 천한산기소
추풍일엽비 고객창간숙

상큼한 달이 문득 동쪽 봉우리에 오르고
하늘은 차갑고 산기운은 마냥 쓸쓸하네
가을 바람에 나뭇잎 한 장 날아가더니
외로운 나그네 창가에 떨어졌네

*孤客 : 외로운 나그네

아름답고 좋은 일을 이루는 데에는 오랜 시간이 걸리는 것이다. 나
쁜 일이지만 그것을 고칠 여유도 없이 곧 다가오는 것이다. 친해지
려면 오랜 시일이 걸리는 것이나 친한 사이가 헤어지는 것은 순식간
이다. ─장자─

白雲(韓)

平常心是道 諸法覿體眞
法法不相到 山山水是水

평상심시도 제법적체진
법법불상도 산산수시수

본디 마음 이대로가 도의 경지요
나타난 모든 것은 이대로 참(眞)이네
자연은 서로를 침범하지 않나니
산은 산이요 물은 물이라

＊覿體 : 눈 앞에 보이는 물체

청명한 햇살 속에 두 가슴 하나 되어 영원히 마르지 않을 사랑 샘
솟아라. 처음 빛 사랑 그대로 행복하게 타올라라. -김상묵-

溪淸白石出　天寒紅葉稀
山路元無雨　空翠濕人衣

계청백석출 천한홍엽희
산로원무우 공취습인의

개울이 맑아 돌이 희게 나왔고
하늘은 추워 붉은 잎도 드무네
산길에는 원래 비가 없는데
허공 푸른 빛깔이 옷깃을 적시네

* 空翠 : 산빛이 맑아 파랗게 보임

편안하고 한가롭게 산다고 해서 걱정거리가 없다고 말하지 말라. 곧 긱정거리가 생기리라. 입에 맞는 음식이라 해서 많이 먹으면 병을 만든다. 마음에 기쁜 일이라 해서 정도에 지나치게 하면 반드시 재앙이 따른다. 병이 든 뒤에야 약을 먹는 것보다는 병이 나기 전에 스스로 예방함이 좋다. -소강절-

鏡虛(韓)

山與人無語　雲隨鳥共飛
水流花發處　淡淡欲忘歸

산여인무어 운수조공비
수류화발처 담담욕망귀

산과 사람은 말이 없고
구름 따라 새들도 함께 나네
물 흐르고 꽃이 피는 곳이라
고요히 돌아가 모든 것 잊고자 하네

＊淡淡 : 마음에 욕심이 없고 고요한 상태

자기를 양보하는 사람은 중요한 위치에 처할 수 있으며 이기기를 좋
아하는 사람은 반드시 적을 만나게 될 것이다. -경행록-

張氏(韓)

窓外雨蕭蕭　蕭蕭聲自然
我聞自然聲　我心亦自然

창외우소소 소소성자연
아문자연성 아심역자연

창밖의 비는 쓸쓸히 내리고
쓸쓸한 소리는 되레 자연스럽다
나는 자연의 소리 들으니
내 마음 또한 자연이라네

* 蕭蕭 : 쓸쓸한 모양

온갖 지어진 것들은 꿈 같고 그림자 같고 꼭두각시 같고 거품 같으며, 이슬 같고 번개 같으니 이러한 것임을 관찰하여라. -금강경-

北嶽樵歌發　春天夕照廻
風飄山外響　時入草堂來

북악초가발 춘천석조회
풍표산외향 시입초당래

北岳의 나무꾼 노랫소리는
봄 하늘 석양 지도록 돌고 돌아
바람 타고 산 밖까지 울리며
때로 내 초막 속으로 들어오네

*樵歌 : 나무꾼 노래 소리

사랑이 지나치면 반드시 심한 소비를 하게 되고 명예가 지나치면 반드시 심한 비방을 받게 된다. 기뻐함이 심하면 반드시 심한 근심을 가져오고 뇌물을 탐하는 마음이 심하면 반드시 심한 멸망을 가져온다. -명심보감-

無意(韓)

月照潭心白 風生水面清
一般端的意 無處不分明

월조담심백 풍생수면청
일반단적의 무처불분명

달빛 비쳐 연못은 더욱 희고
바람 일어 수면은 참으로 맑네
변함없는 이 소식들
분명치 않은 곳 없네

＊潭心白 : 연못 깊숙이 흼

아무것도 집착하지 않으면 죽음은 하나의 축제다. -법구경-

鄭東浚(韓)

來與白雲來 去隨明月去
去來一主人 畢竟在何處

래여백운래 거수명월거
거래일주인 필경재하처

올 때엔 구름과 함께 살며시 오시더니
갈 적엔 달을 따라 외로이도 가셨네
왔다 가신 님이여
이제는 어디에서 무얼 하고 계실까

＊畢竟 : 마침내

젊었을 때 배움을 소홀히 하는 자는 과거를 상실하고 미래에도 죽는
다. −김용택−

秋風吟吹衣 夕鳥今爭還
美人兮不來 明月兮空山

추풍음취의 석조금쟁환
미인혜불래 명월혜공산

가을 바람이 옷깃에 불어오니
저녁 새들 다투어 돌아오네
그대는 왜 오지 않는가
텅 빈 산에 달이 밝아오는데

*爭還 : 다투어 둥지로 돌아옴

실을 붉은 물감에 넣으면 붉게 되고 푸른 물감에 넣으면 푸르게 된
다. 사람도 처음 접하는 것에 따라 여러 가지로 변한다. 그러므로 반
드시 사람을 사귀는 데는 가려서 해야 한다. -묵자-

金得臣(韓)

落日下平沙　宿禽投遠樹
歸人晚騎驢　更㤼前山雨

낙일하평사 숙금투원수
귀인만기려 경겁전산우

서산에 지는 해 모래톱에 내리고
잠자려는 새는 먼 숲으로 사라지네
늦게 돌아가는 나그네 나귀 채찍 급하고
앞산 지나는 비 맞을까 겁먹어 하네

＊㤼 : 겁내다

홀로 가는 길처럼 느껴만지던 삶에 함께 갈 수 있는 이가 있다는 것은 행복입니다. 용혜원

林億齡(韓)

人方憑水檻 鷺亦入沙灘
白髮雖相似 吾閒鷺未聞

인방빙수함 노역입사탄
백발수상사 오한로미문

사람은 다락 모서리 의지해 있고
갈매기는 모래 위로 날아든다
머리털 흰 것은 비록 같지만
한가하기로 하면 네가 나만은 못 하지

* 水檻 : 물가의 난간

하느님 나는 꼭 하나만 가질래요. 세상 것 모두 눈 감을래요. 하느님
나는 꼭 그 사람만 가질래요. ─김춘수─

權韠(韓)

日入投孤店　夜深不掩扉
鷄鳴問前路　黃葉向人飛

일입투고점 야심불엄비
계명문전로 황엽향인비

해가 저문 외딴집에 머무는데
밤이 깊어도 사립문을 닫지 않네
닭이 울자 새벽길 나서는데
단풍잎이 사람 따라 휘날리네

＊孤店 : 혼자 사는 객주집

꽃이 졌다가 피고 피었다 또 진다. 비단 옷을 입었다가도 다시 베옷으로 바꿔 입게 된다. 재산이 많은 사람이라고 해서 언제까지나 반드시 부자는 아니며 가난한 집이라 해서 적막하지만은 않다. 사람을 부추겨 올린다 해도 푸른 하늘까지는 올릴 수 없고 사람을 밀어뜨린다 해도 깊은 구렁까지는 떨어뜨리지 못한다. 그대에게 권고하노니 모든 일을 하늘에 원망하지 말라. 하늘의 뜻은 사람에게 후하고 박함이 없다. -명심보감-

對酒不覺暝 落花盈我衣
醉起步溪月 鳥還人跡稀

대주불각명 락화영아의
취기보계월 조환인적희

술을 대하다 보니 해지는 줄 몰라
꽃잎은 옷에 가득 떨어졌네
취하여 달빛을 밟고 시냇가 걷는데
새들은 돌아가고 사람 발길도 끊겼네

* 不覺暝 : 날이 어두워짐을 모름

세상과 인정은 수시로 변하니 너무 집착하지 말라. 지난 날 내 것이던 것이 지금은 저의 것이 되었네 오늘의 내 것이 내일은 또 뉘 것이 될지 어찌 알랴. 물질에 초연해야 가슴속의 얽매임을 풀어버릴 수 있으리라. -채근담-

丘爲(中)

冷艷全欺雪　餘香乍入衣
春風且莫定　吹向玉階飛

랭염전기설 여향사입의
춘풍차막정 취향옥계비

차가운 모습이라 눈인가 했네
향기는 옷 속까지 파고들고
봄바람아 살랑살랑 불어서
임 계신 뜰에까지 날려보내다오

＊欺雪 : 눈으로 의심함

마음에 거슬린다 노여움을 내지 말고 한 생각 돌이켜 거슬림을 놓아
보세. 노여움 거둬들여 한 생각 놓아지면 求道를 향하는 길 이것이
제일일세. －부처－

王安石(中)

牆角數枝梅 凌寒獨自開
遙知不是雪 爲有暗香來

장각수지매 능한독자개
요지불시설 위유암향래

담 모퉁이 두어 가지 매화
추위 속에 홀로 되었네
멀리 보면 눈도 아닌 듯한데
그윽한 향기를 풍겨오네

*暗香來 : 그윽한 향기가 진동함

편안하게 있을 곳이 없는 것이 아니다. 편안한 마음이 없기 때문에
편안하지 않은 것이다. 곧 만족만 한다면 어떤 경우라도 편안한 곳
이다. ─묵자─

孟浩然(中)

移舟泊烟渚　日暮客愁新
野曠天低樹　江淸月近人

이주박연저 일모객수신
야광천저수 강청월근인

배 저어 저녁 안개 낀 기슭에 머물게 했다
해지면 나그네 수심은 더욱 솟아 오르겠지
들은 텅 비어 하늘에 나뭇가지 드리워져 있고
강은 맑아 달은 손에 잡힐 듯 가깝다

＊烟渚 : 안개 낀 기슭

얼마나 많은 사람이 착한 일을 하기 위하여 착한 사람이 되기를 잊
어버렸던고. 세상의 악취 중에도 생선의 腐肉에서 발생하는 악취처
럼 구역질나는 것은 없다. -부처님-

春眠不覺曉 處處聞啼鳥
夜來風雨聲 花落知多少

춘면불각효 처처문제조
야래풍우성 화락지다소

봄철의 잠은 새벽이 온 것도 모른다
곳곳에서 새들 울음소리만 들리고
간밤엔 비바람 소리마저 들렸다
꽃은 얼마나 떨어졌을까

＊知多少 : 얼마인지 모른다

자신을 옳다고 하지 않기에 오히려 다른 사람늘이 인정해주고 자신을 과시하지 않기에 오히려 다른 사람들이 추켜세워주고 자신의 공적을 자랑하지 않기에 오히려 다른 사람들이 칭송한다. 자신의 재능을 과시하지 않기에 오히려 다른 사람이 존경한다. -노자-

枕肱(韓)

峽口雲初濕　磎頭雨半收
眞僧何處住　門掩亂山秋

협구운초습 계두우반수
진승하처주 문엄난산추

산마을 어귀 구름에 옷깃은 젖고
개울물에 오는 비 반쯤 걷혔네
그대는 정말로 어디쯤에 살고 있는가
사립문 닫히고 온 산에는 가을이네

＊ 磎頭 : 개울

하늘은 우리를 편안하게 해주기 위해서 늙음을 주었고 우리를 편히
쉬게 하기 위해 죽음을 주었다. －장자－

出門何所見　春色滿平蕪
可嘆無知己　高陽一酒徒

출문하소견 춘색만평무
가탄무지기 고양일주도

문 밖을 나서서 여기저기 보니
들판엔 봄풀만이 가득하다
아쉽다 나를 알아주는 이 이리도 없다니
고양(高陽)의 한 술꾼이 바로 나인데

*高陽 : 술꾼들이 모여 사는 곳 또는 사람

요임금이나 순임금도 사람이고 나도 사람이다. 누구나 수양에 따라
훌륭하게 되는 것이다. -失明-

清虛(韓)

夜深君不來 鳥宿千山靜
松月照花林 滿身紅綠影

야심군불래 조숙천산정
송월조화림 만신홍록영

밤은 깊어가는데 그대는 아니오고
새들이 잠드니 온 산이 고요하다
소나무 사이 걸친 달이 꽃숲을 비추니
온몸이 청홍의 그림자로 덮였네

*君不來 : 그대는 아니오다

지혜는 재물을 주고 구할 수 있으나 덕은 재물로 구할 수 없다. 덕과 지혜를 모은다면 이 얼마나 큰 재산인가. ―아함경―

浮休(韓)

閑居無一事 終日閉松扉
萬里春歸盡 幽人歸不歸

한거무일사 종일폐송비
만리춘귀진 유인귀불귀

한가로이 살다보니 아무 일 없어
종일토록 소나무 문은 닫혀만 있네
만리에 봄은 다 돌아갔는데
외로운 저 사나이 돌아갈 줄 모르네

* 歸不歸 : 돌아가지 못하고 머뭇거림

파초가 열매를 맺으면 죽게 되고 갈대 또한 열매는 맺으면 죽으며,
노새도 새끼를 배면 반드시 죽는 것처럼 사람은 탐욕으로 말미암아
스스로 망한다. ―부처―

幻惺(韓)

二三盃濁酒 餞送淸禪師
滿酌爾須醉 醒時不忍離

이삼배탁주 전송청선사
만작이수취 성시불인리

두세 잔 막걸리로
그대를 떠나보내려 하네
잔을 가득 가득 부어 그대 취하게나
술 깨고나면 헤어진 정 참기 어려우니

*淸禪師 : 학청선사를 뜻함

과거에 매달리지 말고 미래를 원망하지도 말라. 과거는 이내 사라졌
고 미래는 아직 오직 않았느니라. -불경-

浮休(韓)

臨行沒一辭　春雨欲來時
各向東西去　相逢未有期

임행몰일사 춘우욕래시
각향동서거 상봉미유기

길 떠나는 마당에 할 말을 잊었는데
곧 봄비마저 오려고 하네
그대는 동쪽 나는 서쪽으로 가나니
언제 다시 만난다는 기약마저 할 수 없네

＊臨行 : 길 떠날 때

무릇 사람은 이 세상에 날 때 입안에 도끼를 간직하고 나와서는 스스로 제 몸을 찍게 되나니 이 모든 것이 자신이 뱉은 악한 말 때문이라. -법구경-

鏡峰(韓)

回首看青天 碧空月萬年
古今多人事 付送水聲邊

회수간청천 벽공월만년
고금다인사 부송수성변

고개 돌려 파란 하늘을 보니
허공의 달은 만년이나 그대로네
고금의 많고 많은 인간사를
흐르는 물소리에 실어 보내리

* 回首 : 고개를 돌림

인생이란 뿌리가 없는 것 날리는 길 위의 먼지와 같다. 젊은 날은
두 번 오지 않고 하루는 두 번 새벽이 없다. 때맞춰 힘써야 할 것이
니 세월은 사람을 기다리지 않는다. -도연명-

孤島崇朝雨　暮秋滯遠愁
轉蓬流宇宙　怊悵比生浮

고도숭조우　모추체원수
전봉유우주　초창비생부

외로운 섬 아침비 내리니
저무는 가을 나그네 시름 맺히네
다북쑥 되어 정처없이 어디를 굴러다니는가
슬프다 이 삶의 나그네 길

＊轉蓬 : 바람에 날리어 이리저리 굴러 다니는 마른 쑥

좋은 생각으로 말하거나 행동하면 그림자가 당신을 떠나지 않듯 행복이 당신을 따릅니다. -법구경-

浮休(韓)

夕陽山雨過　江海客多情
寂寞人誰問　松窓夜月明

석양산우과 강해객다정
적막인수문 송창야월명

해질 무렵에 산비 지나가니
강과 바다에 나그네 감흥 더하네
적막하니 찾는 사람 없고
소나무 창가엔 달빛만 유난히 희네

＊夜月明 : 달빛이 유난히 맑음

다른 이의 장단점을 즐거이 말하지만 그것이 원인 되어 재앙을 불러오네. 다문 입 감춘 혀는 무뚝뚝해 보이지만 이 몸을 보호하는 최선의 방법일세. -법구경-

曉峰(韓)

人皆稱我言 我住何處在
覓身不可見 不見是眞我

인개칭아언 아주하처재
멱신불가견 불견시진아

사람들은 모두들 나를 말하지만
그 나가 정말 어느 곳에 있는가
몸 속을 찾아봐도 볼 수 없으니
볼 수 없는 이것이 바로 참 나 아닌가

* 稱我 : 참 나

풀잎은 흔들리면서 자랍니다. 당신과의 사랑도 당신이 아름다운 이유
도 풀잎과 같습니다. 약한 바람에 무시로 떨고 흔들리면서도 항상 그
자리에 머물러 내 곁에 남아있는 당신의 모습이 정말 아름답습니다.
－김무화－

春日閑無事 山間引興長
困來打一睡 微雨冷侵床

춘일한무사 산간인흥장
곤래타일수 미우냉침상

봄날이 한가하여 일이 없는데
산속에서의 흥취는 길기만 하네
곤하여 깊이 한숨 자고 나니
가랑비가 평상에 차갑게 내렸네

* 一睡 : 깊이 잠

욕심이 있는 한 우리는 고통에서 벗어날 수 없고 고통이 있는 한 우리에게서 근심과 걱정이 떠날 날은 없는 것이다. -법구경-

映虛(韓)

山閑流水遠 寺古白雲深
人去無消息 鐘鳴萬古心

산한류수원 사고백운심
인거무소식 종명만고심

산은 한가롭고 물은 멀리 흐르는데
절은 오래되어 흰 구름만 깊네
사람들은 가고 별 소식은 없으니
종소리만 만고의 마음만 울리네

* 萬古心 : 오랫적 마음

깨끗하고 덕 있는 삶을 살면 좋은 죽음을 맞이할 수 있는 것이고 삶이 더럽고 착하지 못하면 좋은 죽음을 만날 수가 없다. 삶이 좋아야 죽음도 좋다. -법구경-

鞭羊(中)

雲走天無動 舟行崖不移
本是無一物 何處起歡悲

운주천무동 주행애불이
본시무일물 하처기환비

구름이 달리듯 가나 하늘은 움직이지 않고
배 지나가도 언덕은 옮겨가지 않네
본래 한 물건도 없거늘
기쁨과 슬픔은 어느 곳에서 일어나는가

＊起歡悲 : 기쁨과 슬픔이 일어남

은혜도 모르고 부끄러움도 없이 못된 성질로 교만스러워서 얼굴 두
껍게 덕을 버린 사람은 생활은 쉬울지라도 더러운 삶이다. -법구경-

漢岩(韓)

片雲生晚谷 霽月下靑岑
物物本淸閑 而人自擾心

편운생만곡 제월하청잠
물물본청한 이인자요심

조각구름은 저문 골짜기에서 일고
비 개인 달은 푸른 산봉우리에 내리네
이 모든 것 본래가 맑고 한가하나니
사람들만 스스로 그 마음 소란스럽네

＊擾 : 어지럽다

그대 진정으로 원하는가. 그렇다면 지금 이 순간을 잡아라. 무엇을
하든 무엇을 꿈꾸든 지금 이 순간부터 시작하라. -트라인-

虛白(韓)

萬里秋光晚 千山葉正飛
虛閑無一物 看盡暮雲歸

만리추광만 천산엽정비
허한무일물 간진모운귀

만리에 가을빛은 저물어 가고
온 산에 나뭇잎만 날리네
텅 비고 한가로워 한 물건도 없으니
돌아가는 석양 구름만 한없이 바라보네

*無一物 : 한 가지 물건도 없음

물 속에는 물만 있는 것이 아니다. 하늘에는 그 하늘만 있는 것이 아니다. 그리고 내 안에는 나만이 있는 것이 아니다. 내 안에 있는 이여, 내 안에서 나를 흔드는 이여. 물처럼 하늘처럼 내 깊은 곳 흘러서 은밀한 내 꿈과 만나는 이여. 그대가 곁에 있어도 그대가 그립다. -류시화-

錦溟(韓)

去來無非道 執放都是禪
春風芳草岸 伸脚打閑眠

거래무비도 집방도시선
춘풍방초안 신각타한면

가고 오는 것 道 아닌 것 없고
잡고 놓는 것 모두가 禪이라네
봄바람에 우거진 저 푸른 언덕에
다리 뻗고 한가로이 낮잠이나 자려 하네

* 伸脚 : 다리를 쭉 폄

인간의 운명의 대부분은 그 사람이 주위에서 받은 사랑의 다소에 따
라 결정된다. 그리고 인간의 가치는 얼마만큼 남에게서 사랑을 받느
냐 보다는 얼마만큼 그가 주위 사람들에게 베풀고 있느냐에 달려 있
다. -에픽테토스-

虛靜(韓)

水順風兼順 舟流岸亦流
數聲漁笛裏 明月滿江秋

수순풍겸순 주류안역류
수성어적리 명월만강추

물이 고요하니 바람도 고요해
배가 흐르고 언덕도 따라 흐른다
어부의 몇 가락 피리 소리에
명월은 강물 가득 가을이네

* 數聲 : 몇 가락 소리

사람이 애욕을 좇는데서 걱정과 근심이 생기고 걱정과 근심을 따라
두려움이 생긴다. 만일 애욕을 떠나게 되면 무엇을 걱정하고 무엇을
두려워 할 것인가. -부처-

嶽寺甚岑寂 溪雲閑去來
庭中復何有 片雪點蒼苔

악사심잠적 계운한거래
정중복하유 편설점창태

높은 봉우리 깊은 골짜기에 암자가 있으니
계곡의 구름만 한가로이 오고 가네
암자의 뜰에는 다시 무엇 있는가
눈발 날려 이끼 위에 하얀 점 뿐이네

＊溪雲 : 산골짜기 구름

세상을 아름답게 살려면 꽃처럼 살면 되고 세상을 편하게 살려면 바람처럼 살면 된다. 꽃은 자신을 자랑하지도 남을 미워하지도 않고 바람은 그물에 걸리지도 않고 험한 산도 아무 생각 없이 오른다. ─이규경─

無心雲共住　不約月相隨
多少山中樂　唯應道侶知

무심운공주 불약월상수
다소산중락 유응도려지

무심히 구름과 함께 머물고
기약 없이 달과 서로 따르네
이 산중의 즐거움을
오직 그대는 알지 않겠나

* 約 : 기약하다

이 세상 모든 존재는 덧없는 것. 태어난 자는 반드시 죽음이 있음이
로다. 태어나지 않았더라면 죽음 또한 없었을 것이니 태어남도 죽음
도 없는 것. 최고의 기쁨이로다. -아함경-

鏡虛(韓)

那山幽寂處 寄我枕雲眠
如得其中趣 放狂十路前

나산유적처 기아침운면
여득기중취 방광십로전

어느 산 깊숙한 곳에서
구름을 베개 삼아 내가 잠드네
그 속에서 뜻한 바 얻으면
네거리에 나가 미친듯이 살고 싶어라

＊放狂 : 마음 가는 대로

세상살이에서 한 발짝 양보함을 높게 여기니 한 걸음 물러섬은 한 걸음 앞서가는 받침돌이라. 사람을 대접할 때 약간의 너그러움이 나에게 복이 되나니 남을 이롭게 하는 것이 바로 자기를 이롭게 하는 기초가 된다. -채근담-

楓溪(韓)

香龕無篆影 茶臼沒人隨
獨臥石床上 月林啼子規

향감무전영 다구몰인수
독와석상상 월림제자규

불전에 향 연기마저 끊어지고
차를 달이는 사람도 보이지 않네
홀로 바위에 누워있는데
달빛 내린 숲에서 소쩍새가 우네

* 龕 : 불상을 안치하는 불단

내 인생에 가을이 오면 나는 나에게 삶이 아름다웠느냐고 물을 것입니다. 그때 기쁘게 대답할 수 있도록 내 삶의 날들을 기쁨으로 아름답게 가꾸어 가야겠습니다. -윤동주-

斜風時撲面 細雨又沾衣
杖拂垂林露 山中獨自歸

사풍시박면 세우우점의
장불수림로 산중독자귀

스치는 바람 얼굴을 두드리고
가는 빗방울은 옷깃을 적시네
지팡이 휘둘러서 이슬 털어내며
홀로 돌아가고 있네 저 산속으로

* 撲面 : 얼굴을 두드림

성냄을 버려라. 거만을 버려라. 모든 애욕과 탐심을 버려라. 정신에도 물질에도 집착하지 않으면 고요하고 편안해 괴로움이 없다. -법구경-

碧樹蟬鳴急　靑山暮雨疎
道人幽寂意　竹榻臥看書

벽수선명급 청산모우소
도인유적의 죽탑와간서

무성한 숲 사이 매미 울음소리 급하고
푸른 산 저물녘 비는 이따금 지나가네
나그네 마음 깊고 고요하나니
대침상에 누워 고서를 만지네

＊榻 : 긴 의자

인생은 실패할 때 끝나는 것이 아니라 포기할 때 끝나는 것이다.
－천양희－

雪潭(韓)

山開仁者路　水洗智人心
淸磬從何處　小庵隱樹林

산개인자로 수세지인심
청경종하처 소암은수림

山은 열려서 골짝길이요
물은 씻겨서 거울 같은 마음이다
풍경소리 어디선가 날아오는데
작은 암자 수풀 속에 숨어있었구나

＊仁者路 : 굽이굽이 정겨운 길

인생의 길에 바람은 무시로 불어옵니다. 고통과 번민의 바람 앞에
흔들리지 않은 사람은 없습니다. 바람에 흔들리는 동안은 힘들었지
만 견디고 나서 돌이켜 보니 그 힘든 고통의 시간이 나를 살리고 키
워낸 은인이었습니다. -정호승-

秋史(韓)

藥徑通幽窅　蘿軒積雲霧
山人獨酌時　復與飛花過

약경통유묘 라헌적운무
산인독작시 복여비화과

약초 사이 작은 길 깊게도 묻혔고
담쟁이넝쿨 처마에 안개구름만 쌓인다
산사람 저 홀로 대작할 적에
꽃잎이 날려가다 술잔과 부딪친다

＊藥徑 : 약초가 우거진 소롯길

건강은 가장 큰 이익이고 만족은 가장 큰 재산이다. 믿고 의지함은
가장 귀한 친구이며 깨달음은 가장 큰 기쁨이다. -잠언-

崔承老(韓)

有田誰布穀 無酒可提壺
山鳥何心緒 逢春謾自呼

유전수포곡 무주가제호
산조하심서 봉춘만자호

밭에서는 누군가 씨앗 뿌리고 있고
술 떨어져 빈 병을 차고 술 사러 가네
산새는 무슨 사연이길래
봄만 되면 그렇게 울어대는지

*提壺 : 술병을 차고 감

간교로써 남을 이간질 말고 권모로써 남을 이간질 말며 싸움으로써
남을 이간질 말라. -장자-

浮休(韓)

春早梅花發　秋深野菊開
欲說箇中事　浮雲空去來

춘조매화발 추심야국개
욕설개중사 부운공거래

이른 봄 매화꽃 만발하고
깊은 가을 들국화 홀로 피었네
매화다 들국화다 따지려 마라
뜬 구름만 부질없이 오고 간다네

* 空 : 부질없이

편안한 자리가 없는 것이 아니라 나에게 편안한 마음이 없을 뿐이며,
충분한 재물이 없는 것이 아니라 나에게 만족하는 마음이 없을 뿐이다.
ㅡ묵자ㅡ

白鳥下長江 紅霞生遠天
手把明月頭 遠看天邊鶴

백조하장강 홍하생원천
수파명월두 원간천변학

흰 새는 긴 강가에 내리고
붉은 안개 먼 하늘에 피어나네
손으로 저 둥근 달을 잡으며
하늘가에 나는 학을 바라보네

* 手把 : 손으로 잡음

자기의 그림자가 무서워서 또 자기의 발자국이 겁이 나서 도망가는 자가 있다. 정말로 그림자가 무섭다면 스스로 그림자를 비추지 않게 하면 될 것이고 또 발자국이 뒤에서 쫓는 것이 겁이 난다면 자기가 달아나지 않으면 될 것이다. 나쁜 짓을 하게 되면 그 악의 그림자가 따라오게 된다. 나쁜 짓을 하면서도 쫓는 자를 걱정한다면 그것은 어리석은 짓이다. ―장자―

虛靜(韓)

春風落花洞 夏雨冒雲峰
秋夜蟲鳴月 冬山雪壓松

춘풍낙화동 하우모운봉
추야충명월 동산설압송

봄바람은 꽃 지는 골짜기에 불고
여름비는 구름 일어나는 봉우리 만드네
가을밤 달 아래 벌레 울고
겨울산엔 흰 눈 덮인 소나무 보이네

* 冒 : 덮다

만일 부(富)만이 목적이라면 수치를 당해도 참아야 한다. 친구도 버려라. 의리도 아랑곳하지 말라. -순자-

雪潭(韓)

多病親藥爐 無心對疊峰
平生封上人 風雨遠相訪

다병친약로 무심대첩봉
평생봉상인 풍우원상방

잔병이 많아 친한 건 약 달이는 화로고
첩첩산중 바라보는 마음 무심하기만 하네
평생 걸망 지고 누더기만 걸치니
바람하고 비만이 번갈아 찾아온다

*上人 : 중 또는 훌륭한 사람

사람 아래에 있는 자는 땅의 흙과 같은 것이다. 누구나 땅의 흙은 낮
고 천한 것이라고 하지만 그곳을 파면 물이 솟고 밭을 갈면 오곡이
익는다. 초목은 번식하고 금수는 집 지어 자란다. 下流의 물이 크게
되는 것처럼 낮기 때문에 자기를 크게 할 수가 있는 사람이다. -공자-

梅月堂(韓)

雲起千山曉 風高萬木秋
石頭城下泊 浪打釣魚舟

운기천산효 풍고만목추
석두성하박 랑타조어주

구름 피어나니 온 산이 새벽이요
높은 바람에 나무마다 가을이구나
城 아래 돌부리에 머무니
파도가 낚싯배를 두드려 댄다

＊浪打 : 물결이 때림

자손에게 재산을 남겨주지 마라. 자손에게 게으름을 가르칠 뿐이다.
—소학—

三峰(韓)

久別一相見　楚楚着緇衣
但知風味在　莫問容顏非

구별일상견 초초착치의
단지풍미재 막문용안비

오랜 이별 뒤에 다시 만나보니
선명하게도 검은 옷을 입고 있네
아름다운 멋만 있으면 그만이지
참모습이 아닌 것은 묻지 말라

* 緇衣 : 먹으로 그린 매화를 읊은 것

사람은 입을 벌리면 모두 천하국가를 말한다. 천하의 근본은 나라에
있고 나라의 근본은 집에 있고 집의 근본은 자기 자신에 있는 것이
다. 참으로 천하국가를 염려한다면 가장 가까운 도에 있는 내 몸을
닦아야 하는 것이다. -맹자-

宇宙爲閑客 人中作野僧
任從他笑我 隨處自騰騰

우주위한객 인중작야승
임종타소아 수처자등등

우주 안에 한가한 나그네 되고
사람들 가운데 중이 되었나니
다른 이들 날 비웃으려면 웃어봐
간 곳마다 내 멋대로 살 테니

* 閑客 : 한가한 나그네

이미 끝나버린 일을 후회하기 보다는 하고 싶었던 일을 하지 못한
것을 후회하라. -조지훈-

虛白(韓)

人生如風燭　時想紫金山
念到無心處　逍遙任自閑

인생여풍촉 시상자금산
염도무심처 소요임자한

인생은 바람 앞의 촛불 같은데
생각은 마냥 황금덩이 꿈속이라
생각이 다하여 마음마저 없는 곳에서
한가로이 노닐며 소요하리라

*無心處 : 마음이 없는 곳

어리석은 자의 특징은 타인의 결점을 드러내고 자신의 약점을 잊어
버리는 것이다. -키케로-

咸昇慶(韓)

清曉日將出　雲霞光陸離
江山更奇絶　老子不能詩

청효일장출 운하광육리
강산경기절 노자불능시

맑은 새벽 해가 솟아 올랐다
햇빛과 어울려 아름다운 노을
강산의 이 기막힌 절경을
늙은 내가 어떻게 시로 읊을 수 있나

*陸離 : 빛이 서로 섞이어 눈부시게 빛나는 모양

팔이 안으로만 굽는다 하여 어찌 등 뒤에 있는 그대를 껴안을 수 없
으랴. 내 한 몸 돌아서면 충분한 것을 -이외수-

161

慧元(中)

數里無人到 山黃始覺秋
巖間一覺睡 忘却百年憂

수리무인도 산황시각추
암간일각수 망각백년우

사람의 발길 끊어진 여기
산이 물들어 비로소 가을인 줄 알았네
바위 사이에서 한숨 깊게 자고 나니
백년의 시름을 잊어버리네

*百年憂 : 백년의 시름

어릴 적에는 떨어지는 감꽃을 셌지
전쟁통엔 죽은 병사들의 머리를 셌고
지금은 엄지에 침 발라 돈을 세지
그런데 먼 훗날엔 무얼 셀까 몰라 -김준태-

白谷(韓)

步步出山門　鳥啼花落溪
烟沙玄路迷　獨立千峯雨

보보출산문 조제화락계
연사현로미 독립천봉우

걸음 걸음 절밖을 나오는데
꽃잎 날리는 개울가 작은 새 운다
안개 속 아득히 길을 가는데
千峰은 저 빗줄기 속에 외로이 서 있다

* 山門 : 절의 바깥 三門이라고도 함

미련한 자는 자기의 경험을 통해서만 알려고 하고 지혜로운 자는 남의 경험도 자기의 경험으로 여긴다. -푸르드-

人閑桂花落　夜靜春山空
月出驚山鳥　時鳴春澗中

인한계화락 야정춘산공
월출경산조 시명춘간중

한가히 있으니 계수나무 꽃 떨어지고
밤은 고요한데 봄산도 텅 비었네
달 뜨자 산새 놀라서
봄 물가에 앉아 우짖고 있네

* 澗 : 산골에 흐르는 물

작은 주머니에는 큰 것을 넣을 수가 없다. 짧은 두레박줄로는 깊은
우물을 퍼올릴 수가 없다. 이처럼 그릇이 작은 사람은 큰일을 할 수
가 없는 것이다. -장자-

鏡虛(韓)

風飄霜葉落　落地便成飛
因此心難定　遊人久未歸

풍표상엽락 낙지편성비
인차심난정 유인구미귀

바람이 서리 물은 잎은 떨어뜨리네
떨어지는 잎 다시 바람에 날아가네
어찌 하나 이 마음 둘 데 없어
나그네 길을 잃고 헤매이나니

＊心難定 : 마음을 잡기 어렵다

정치가 잘 되면 노인이 길에서 짐을 지거나 머리에 이고 운반하는
비참한 일은 없어진다. 즉 이런 고생스런 생활을 시키지 않는 것이
王道가 되는 것이다. ―맹자―

白雲(韓)

白日江山麗 靑春花草榮
何須重話會 萬物本圓成

백일강산려 청춘화초영
하수중화회 만물본원성

청천백일에 강산은 화려하고
푸른 봄날에 화초는 더욱 무성하네
내 더 이상 무슨 말을 할까
만물은 이대로 완벽한 것인데

* 本圓成 : 본래대로 이룸

곧게 자란 나무는 먼저 벌채되고 물맛이 좋은 우물은 먼저 마르게
된다. 쓸모가 있는 것이 오히려 재앙의 근원이 되는 것이다. −장자−

松桂(韓)

身入白雲處　白雲如我情
逍遙自在去　逐景縱橫行

신입백운처 백운여아정
소요자재거 축경종횡행

몸이 흰 구름 있는 곳에 들어오니
흰 구름은 이제 내 마음과 같네
자유롭게 소요하며
경치 따라 종횡으로 오고간다네

* 逍遙 : 노닐듯 거닒

아직 일어나지 않는 일을 이렇다 저렇다 하고 앞질러 생각하는 것은
삼갈 일이다. 자신도 애쓰거니와 상대에게도 마음의 상처를 입히려
하는 것이다. −소학−

清虛(韓)

月出千山靜 春回萬木榮
人能知此意 勝讀大藏經

월출천산정 춘회만목영
인능지차의 승독대장경

달 뜨자 온 산이 고요해지고
봄이 오자 나뭇잎들 파랗네
그대가 이 이치를 안다면
대장경 읽는 것보다 훨씬 낫겠지

*大藏經 : 불교 경전의 총칭

총명하고 생각이 뛰어나도 어리석은 듯함을 지켜야 하고 공덕이 천
하를 덮더라도 겸양하는 마음으로 지켜야 한다. 용맹이 땅을 진동시
키더라도 겁내는 듯함으로 지켜나가며 부유함이 사해(四海)를 차지했
다 하더라도 겸손함으로써 지켜야 한다. -공자-

金氏(韓)

地僻人來少　山深俗事稀
家貧無斗酒　宿客夜還歸

지벽인래소 산심속사희
가빈무두주 숙객야환귀

땅이 궁벽하니 사람 오는 것이 적고
산 깊으니 번잡한 일도 드물다
집이 가난하니 술이 없어
찾아온 나그네 밤길에 도로 돌아가네

＊俗事 : 속세의 하찮은 일

산을 옮길 수는 있어도 습관은 바꾸기 어렵고 바다는 메울 수 있어
도 욕심은 채우기 어렵다. -법구경-

虛靜(韓)

古寺宿無人 脫巾唯掛壁
白雲門外深 何處尋行跡

고사숙무인 탈건유괘벽
백운문외심 하처심행적

옛 절이라 사람은 보이지 않고
두건 하나 벽에 걸렸을 뿐
흰 구름은 문 밖에까지 깊어
어느 곳에 가서 그를 찾으리

* 門外深 : 문 밖까지 깊음

마음에 욕심이 가득한 사람은 차가운 연못에서도 물이 끓어오르고
산 속에서도 고요함을 보지 못한다. -채근담-

許穆(韓)

江水綠如染　天涯又暮春
相逢偶一醉　皆是故鄕人

강수록여염 천애우모춘
상봉우일취 개시고향인

강물은 물들인 듯 푸르러 있는데
저 하늘가 지평선에 봄이 저문다
서로 만나 한바탕 취하고 보니
우리 모두가 한 고향 친구인 걸

＊天涯 : 하늘 끝

내가 만약 남에게 욕설을 듣더라도 거짓으로 귀먹은 채 하여 시비를
가리지 말라. 비유하건대 불이 허공에서 타다가 끄지 않아도 저절로
꺼지는 것과 같다. 내 마음은 아무렇지도 않은데 너의 입과 혀만 놀
릴 뿐이다. -명심보감-

鄭澈(韓)

蕭蕭落葉聲 錯認爲疎雨
呼童出門看 月掛溪南樹

소소낙엽성 착인위소우
호동출문간 월괘계남수

우수수 잎 지는 소리에 잘못 알았네
성긴 빗소리 아닌가
아이 불러 나가보라고 했더니
차디찬 달만 나무 위에 걸리어 있네

＊疎雨 : 오락가락한 비

해와 달이 아무리 밝아도 엎어놓은 동이의 밑은 비추지 못하고 칼날
이 아무리 잘 들어도 죄 없는 사람을 베지 못하고 불의의 재앙이나
뜻밖의 화도 조심하는 집 문에는 들지 못한다. −강태공−

172

冲徽(韓)

夜雨朝來歇　青霞濕落花
山僧留歸客　手自煮新茶

야우조래헐 청하습낙화
산승유귀객 수자자신다

밤새 내리던 비 개이고
아지랑이는 떨어진 꽃잎에 적시네
스님이 나그네를 붙들고서
손수 햇차를 달여 나온다

＊青霞 : 푸른 아지랑이

이 몸이 태어나기 전에 어떤 모습일까 생각해 보고 또한 이 몸이 죽
은 뒤에 어떤 모습이 될까를 생각해보라. 그러면 온갖 망상과 근심
이 꺼진 재처럼 식어 본성만이 고요히 남아 속세의 얽매임에서 벗어
나게 된다. –채근담–

李白(中)

美人捲珠簾　深坐嚬蛾眉
但見淚痕濕　不知心恨誰

미인권주렴 심좌빈아미
단견루흔습 부지심한수

미인이 발을 걷고서
주저앉아 눈을 찡그리네
다만 젖어있는 눈물자국을 보지만
그것이 누구 때문인지는 모르네

* 蛾眉 : 예쁜 여자의 눈썹

욕심이 불길처럼 타오르면 그것이 곧 불구덩이요. 탐욕과 애착에 빠
지면 그것이 곧 괴로움의 바다이다. -채근담-

崔顥(中)

君家住何處 妾住在橫塘
停船暫借問 或恐是同鄉

군가주하처 첩주재횡당
정선잠차문 혹공시동향

그대의 집은 어느 곳에 있는가
이 몸이 사는 곳은 나루터라 하네
배가 멈추면 가서 물어보는데
혹 내 고향 사람 만날까 두렵다네

* 橫塘 : 선착장

향기로운 술 맛있는 고기야 얻을 수 없다지만 절인 나물에 거친 밥
으로 날마다 배부르며 배부른 뒤엔 벌러덩 누웠다가 그대로 잠들고
잠이 깨면 차도 마시며 나 좋을 대로 살리라. -매월당-

陶弘景(中)

山中何所有　嶺上多白雲
只可自怡悅　不堪持贈君

산중하소유　영상다백운
지가자이열　불감지증군

산 중에 무엇이 있는가
산 고개엔 흰 구름 있네
다만 홀로서 즐길지언정
임에게는 보내줄 수 없다네

*何所有 : 무엇이 있는가

조금 아는 것이 있다 해서 스스로 높아 마음이 교만하면 그것은 장
님이 촛불을 든 것과 같다. -법구경-

栢庵(韓)

寺在淸溪山　烟生碧樹間
幽人寂無事　終日對春山

사재청계산 연생벽수간
유인적무사 종일대춘산

암자가 청계 위에 있어
푸른 나무 사이로 안개가 피어나네
幽人은 적적하여 일이 없나니
진종일 푸른 산과 마주했다네

＊幽人 : 이름을 감추고 숨어 사는 사람

꿈을 가진 사람만이 성공할 수 있고 행동하는 사람만이 기회를 잡을
수 있다. −나폴레옹−

遠岫收微雨　高窓引細風
小眠仍隱几　殘夢鳥聲中

원수수미우 고창인세풍
소면잉은궤 잔몽조성중

먼 산봉우리 가랑비 걷히고
높은 창엔 솔솔바람 불어오네
책상에 기대어 잠깐 조나니
나머지 꿈은 새 소리 안에 있다네

* 小眠 : 잠깐 졸음

구르는 돌에는 이끼 낄 틈이 없고 밭을 가는 쟁기는 녹이 슬지 않듯이 쉬지 않는 육체는 병들 틈이 없고 思考하는 머릿속엔 잡념이 들 틈이 없네. ―홍태수―

178

平明啓竹戶　旭日生淸暉
風雨夜來急　萬山花盡飛

평명계죽호 욱일생청휘
풍우야래급 만산화진비

해 뜰 무렵 대나무 창문을 여니
아침 해는 차고도 맑아 눈부시어라
비바람 지난 밤에 그리도 많이 쳐서
온 산에는 꽃잎들이 흘날렸구나

* 旭日 : 아침해

깊은 밤 모두 잠들어 고요할 때 홀로 앉아 내 마음을 살피노라면 비로소 망령된 마음이 사라지고 참마음만이 오롯이 나타남을 깨닫게된다. -채근담-

海眼(韓)

碍處非障壁 通處勿虛空
若人如是解 心色本來同

애처비장벽 통처물허공
약인여시해 심색본래동

막히는 곳은 담벽이 아니며
통하는 곳은 허공이 아니거니
만약 사람이 이 이치 깨닫는다면
마음과 물질이 본래 같으니라

＊心色 : 마음과 물질

세상을 살아감에 있어서 반드시 성공만을 바라지 말라. 허물없이 살
수 있다면 그것이 곧 성공이다. ―채근담―

李白(中)

白鷺下秋水　孤飛如墜霜
心閑且未去　獨立沙洲旁

백로하추수 고비여추상
심한차미거 독립사주방

백로 가을 물가에 내리니
외롭게도 서리 내리듯 하고
마음이 한가해서 날려 하지 않고
모래톱에 홀로 마냥 서 있네

*沙洲 : 물에 생긴 모래톱

남의 잘못을 보지 말라
남의 허물을 말하지 말라
남의 잘못을 보고 남의 허물을 말하는 것
그것이 바로 자신의 허물이니라. −부처−

轉石溪聲壯 無偏廣長舌
雖能平等化 不爲聾者說

전석계성장 무편광장설
수능평등화 불위롱자설

돌 굴리는 물소리 장중도 하여
저 무변함이 광장설이네
누구에게나 다 평등하지만
그러나 귀머거리에게는 들리지 않네

* 廣長舌 : 말을 잘함

어디로 갈 곳도 없고 성취할 수 있는 것도 없다. 그대는 이미 있어
야 할 곳에 와 있다. 그대에게 죄가 있다면 그것은 그대가 또 무엇
을 추구하고 있다는 것이다. -부처-

白居易(中)

弄石臨溪坐 尋花繞寺行
時時聞鳥語 處處是泉聲

롱석임계좌 심화요사행
시시문조어 처처시천성

개울가에 앉아 돌멩이 만지작대다가
꽃향기 따라 이곳 저곳 노니네
들리는 건 온통 새 우는 소리 뿐이요
곳곳마다 샘물소리라네

＊弄石 : 돌을 만짐

새로운 것을 보는 것만이 중요한 게 아니라 모든 것을 새로운 눈으
로 보는 것이 정말 중요하다. -용혜원-

鏡虛(韓)

打睡粥飯事　此外夢幻吟
山庵何寥寂　霜葉滿庭心

타수죽반사 차외몽환음
산암하요적 상엽만정심

잠자고 밥 먹는 것
이 밖에 부질없는 풍월이나 읊조리네
암자는 왜 이리 쓸쓸한가
서리 물은 잎만 뜰에 가득 쌓였네

＊粥飯事 : 죽이나 밥을 먹듯 언제나 있는 일상적인 것

어와 저 조카야 밥 없이 어찌할꼬.
어와 저 아저씨야 옷 없이 어찌할꼬.
어려운 일 다 말하라. 돌보고자 하노라. -송강-

任奎(韓)

月黑鳥飛渚 烟沉江自波
漁舟何處宿 漠漠一聲秋

월흑조비저 연침강자파
어주하처숙 막막일성추

달빛 어두워도 새들은 물가로 날아들고
연기 자욱한데 강은 절로 물결이 이네
고기잡이 배는 어느 곳에 쉬는가
아득히 들려오는 한 가락 가을소리

*漠漠 : 아득함

바른 사람이 삿된 말을 하더라도 삿된 말은 다 바른 말로 돌아가고
삿된 사람이 바른 말을 하더라도 바른 말이 다 삿된 말이 되고 만다.
-야부스-

藥徑深紅蘚 山窓滿翠微
羨君花下醉 胡蝶夢中飛

약경심홍선 산창만취미
선군화하취 호접몽중비

약초 우거진 길에 붉은 이끼도 많다
산 속 창가엔 푸른 기운 가득하여라
부럽다 그대는 꽃 속에 취하여
나비가 되어 꿈 속을 날고 있나

* 翠微 : 산 중의 초록색 아지랑이

너는 내일 일을 자랑하지 말라. 하루 동안에 무슨 일이 일어날는지
네가 알 수 없음이라. -잠언-

清虛(韓)

白雲前後嶺 明月東西溪
僧坐落花雨 客眠山鳥啼

백운전후령 명월동서계
승좌낙화우 객면산조제

흰 구름 앞뒤로는 고갯마루요
밝은 달 동서로 개울이 있네
스님은 꽃비 속에 앉아 있고
나그네 졸고 산새만 우네

배를 삼켜먹는 큰 고기도 물을 잃으면 새우처럼 초라해 보이지만 망
망대해에 나가면 그 어떤 그물로도 잡을 수 없게 되는 법이라. ―손자―

萬海(韓)

相見甚相愛　無端到夜來
等閑雪裡語　如水照靈臺

상견심상애 무단도야래
등한설리어 여수조영대

서로 보자마자 마음에 들어
밤이 깊어가는 줄을 알지 못했네
한가로이 눈길 속에 주고 받은 말
물과 같이 두 마음을 서로 비춰주고 있네

*靈臺 : 마음

우리가 불행한 것은 가진 것이 적어서가 아니라 따뜻한 가슴을 잃어
가기 때문이다. -법정-

浮休(韓)

雪月松窓夜 離情湖海深
問君從此去 何日更相逢

설월송창야 이정호해심
문군종차거 하일갱상봉

설월이 소나무 창가를 비치는 밤
이별하는 정은 호수처럼 깊기만 하네
그대에게 묻네 지금 이대로 가면
어느 날 다시 우리가 만날까

＊從此去 : 이대로 가버린다면

사람이 산을 흔들 수 없듯이 칭찬이나 비난이 지혜로운 사람을 흔들
수 없다. -법구경-

清虛(韓)

畫來一椀茶 夜來一場睡
青山與白雲 共說無生事

주래일완차 야래일장수
청산여백운 공설무생사

낮에는 한 잔의 차를 마시고
밤이면 한바탕 단잠을 잔다
청산과 함께 흰 구름은
무생사를 이야기하고 있구나

*無生事 : 불생불멸의 일

조금 아는 것이 있다 해서 스스로 높아 마음이 교만하면 그것은 장님
이 촛불을 든 것 같아 남은 비추나 자기는 밝히지 못한다. −법구경−

清虛(韓)

黃花泣露日　楓葉政秋天
鳥宿群山靜　月明人未眠

황화읍로일 풍엽정추천
조숙군산정 월명인미면

국화에 맺힌 것이 이슬인가 눈물인가
나뭇잎 물들어 때는 가을이네
새들 잠들자 온 산이 적막한데
달이 밝아서 사람은 잠 못 드네

＊人未眠 : 사람이 잠들지 못함

좋은 나무가 나쁜 열매를 맺을 수 없고 못된 나무가 아름다운 열매
를 맺을 수 없느니라. -성경-

無衣子(韓)

臨溪濯我足 看山淸我目
不夢閑榮辱 此外更無求

임계탁아족 간산청아목
불몽한영욕 차외갱무구

개울에서 발을 씻고
산빛 보면서 눈을 씻네
부질없는 부귀영화 꿈꾸지 않으니
이 밖에서 다시 무얼 구하리

* 閑 : 부질없다

귀가 얇은 자는 그 입 또한 가랑잎처럼 가볍고 귀가 두꺼운 자는 그
입 또한 바위처럼 무거운 법. 생각이 깊은 자여 그대는 남의 말을
내 말처럼 하리라. -목민심서-

清虛(韓)

海暮雲空結　山寒葉自吟
虛潭描坐影　秋月照禪心

해모운공결 산한엽자음
허담묘좌영 추월조선심

바다 저무니 구름은 하늘에 모이고
산은 차가워 잎은 스스로 소리를 내네
빈 연못가에는 앉아있는 그림자 비치고
가을달은 선심을 적신다

＊禪心 : 참선하는 마음

소유가 아닌 빈 마음으로 사랑하게 하소서. 받아서 채워지는 가슴보
다 주어서 비워지는 가슴이게 하소서. -김초혜-

石上亂溪聲　池邊生綠草
空山風雨多　花落無人掃

석상난계성 지변생록초
공산풍우다 화락무인소

돌 위에는 개울물 소리 어지럽고
연못가엔 푸른 풀들이 자라고 있네
빈 산에는 비바람이 많은데
꽃잎 져도 뜰을 쓰는 사람은 없네

＊無人掃 : 쓰는 사람이 없음

꽃이라도 늙어지면 벌, 나비도 아니 오고
나무라도 병이 들면 눈먼 새도 멀리 하네. 김우민

良寬(日)

對君君不語 不語心悠哉
帙散狀頭書 雨灑簾前梅

대군군불어 불어심유재
질산상두서 우쇄염전매

그대를 마주 했으나 말이 없으니
말없는 이 가운데 마음은 여유롭네
책상엔 여기저기 책들이 흩어져 있고
주렴 밖의 매화는 찬비를 맞고 있네

＊帙 : 책을 넣는 공간

죽음은 그대에게 그리 멀리 있지 않다. 그것은 바로 다음 순간 닥쳐
올 수 있다. 왜 인생을 긁어모으는 데만 낭비하는가. —법구경—

風送出山鐘　雲霞渡水淺
欲尋聲盡處　鳥滅寥天遠

풍송출산종 운하도수천
욕심성진처 조멸요천원

바람은 산 밖으로 종소리 옮기고
노을은 옅은 물을 건너가네
종소리 그친 곳을 알고 싶다면
새의 모습 사라진 곳 저 하늘 끝이라네

* 雲霞 : 노을

사랑하는 사람은 꿈 속에서도 그립고 옆에 있어도 보고 싶다.
사랑하는 사람은 생각하고 있어도 그립고 함께 걸어도 보고 싶다.
사랑하는 사람은 담고 있어도 그립고 담겨 살아도 보고 싶다. -윤보영-

海眼(韓)

生死不到處 別有一世界
垢衣方落盡 正是月明時

생사부도처 별유일세계
구의방낙진 정시월명시

생사 이르지 못하는 곳에
또 하나의 세계가 있네
더러워진 옷가지 이제 버리나니
머리 위에 뜬 달은 밝기만 하네

*垢衣 : 늙고 병든 육신

다른 이 장단점을 즐거이 말하지만 그것이 원인 되어 재앙을 불러오
네. 다문 잎 감춘 혀는 무뚝뚝해 보이지만, 이 몸을 보호하는 최선의
방법일세. ―자수선사―

春風吹杏院 枝動鳥雙飛
斷送落花雨 樽邊客濕衣

춘풍취행원 지동조쌍비
단송낙화우 준변객습의

봄바람은 살구나무집에 불고
나뭇가지 흔들려 새들 쌍쌍이 나네
꽃비 오는 속에 그대를 떠나 보내노니
술잔 가에 나그네 옷깃만 다 젖네

*斷送 : 떠나보내다

사람이 온다는 건 실은 어마어마한 일이다. 한 사람의 일생이 오기 때문이다. −정현종−

夜雨鳴松榻　靑燈獨自明
長天爲一紙　難寫此中情

야우명송탑 청등독자명
장천위일지 난사차중정

소나무 침상에 앉으니 밤비 소리 뿐
푸른 등만 홀로 밤을 밝히네
저 하늘을 한 장 종이로는
이 밤의 정취를 다 그리기 어렵다네

＊榻 : 긴 의자

때로 삶이 힘겹고 지칠 때 잠시 멈춰서서 내가 서 있는 자리 걸어온
길을 한 번 돌아보라. 편히 쉬고 있었다면 과연 이만큼 올 수 있었
겠는지. −이정화−

栢庵(韓)

床下草蟲鳴 夜深猶未歇
悲酸不得眠 倚戶看松月

상하초충명 야심유미헐
비산부득면 의호간송월

침상 밑에 풀벌레 우는 소리
밤이 깊도록 끊일 줄 모르네
애달프고 쓸쓸한 심정 잠들지 못하고
창에 기대어 소나무에 걸린 달만 쳐다보네

＊悲酸 : 몹시 슬퍼함(悲悼酸苦)

인간은 언제나 누구에겐가 자기의 사랑을 쏟고 싶어하는 욕망을 가
지고 있다. 비록 그 사랑이 묵살되거나 더럽혀질지라도 그런 것을
전혀 상관하지 않는다. ─고리키─

洪禹績(韓)

醉臥西窓下　孤眠到夕陽
覺來推戶看　微雨過方塘

취와서창하 고면도석양
각래추호간 미우과방당

술에 취해 서쪽 창 아래 누워
곤한 잠에 해는 이미 기울었네
잠 깨어 문을 열고 보니
가랑비 연못가를 지나고 있네

* 方塘 : 사각의 연못

죽음을 면하기란 그다지 어려운 일이 아니다. 오히려 비굴함을 면하기가 훨씬 더 어렵다. 그것은 죽음보다 더 빨리 달리기 때문이다.
-소크라테스-

朱放(中)

歲月人間促　煙霞此地多
殷勤竹林寺　更得幾回過

세월인간촉 연하차지다
은근죽림사 갱득기회과

세월이 사람을 재촉하네
이곳 경치 정말 좋기도 하다
다소곳한 이 죽림사를
앞으로 얼마나 더 올 수 있을까

*煙霞 : 아름다운 경치

천하의 모든 물건 중에 내 몸보다 더 소중한 것이 없다. 그런데 이
몸은 부모가 주신 것이다. -율곡-

孟浩然(中)

夕陽連雨是　空翠落庭陰
看取蓮花浮　方知不染心

석양연우시 공취락정음
간취연화부 방지불염심

보슬비가 내리는 석양에
먼 산의 푸른 빛 뜰에 내리네
못가의 연꽃을 꺾어 보고서야
세속에 물들지 않은 마음을 알았네

＊不染心 : 세속의 더러움에 물들지 않음

아직 삶도 모르는데 하물며 죽음을 알 수 있을 것인가. −공자−

井梧凉葉動　隣杵秋聲發
獨向簷下眠　覺來半牀月

정오량엽동 인저추성발
독향첨하면 각래반상월

우물가 오동잎은 떨어지려 하고
이웃의 다듬이질 소리 가을이 틀림없네
혼자서 처마 밑에 졸다가
깨어보니 달이 처마를 훤히 비춘다

*隣杵 : 이웃의 다듬이 소리

내가 없는 곳에서 나를 칭찬해 주는 사람은 좋은 친구다. -이언-

太上隱者(中)

偶來松樹下　高枕石頭眠
山中無曆日　寒盡不知年

우래송수하 고침석두면
산중무력일 한진부지년

우연히 소나무 아래에 와서
돌을 베고 잠이 들었네
산중엔 달력이 없으니
해가 지나도 날짜는 모르겠다

＊偶來 : 우연히 오게 됨

우리들의 죽음 앞에서는 장의사마저도 우리의 죽음을 슬퍼해 줄 만
큼 훌륭한 삶이 되도록 힘써야 한다. -마크 트웨인-

成允諧(韓)

梅花莫嫌小　花小風味長
乍見竹外影　時聞月下香

매화막혐소 화소풍미장
사견죽외영 시문월하향

매화 꽃송이 작다고 싫어 말게나
꽃은 작아도 풍미는 비할 데 없네
대나무 밖 그림자 잠깐 보이면
달 아래 향기도 맞춰 오네

＊月下香 : 달밤의 맑은 향기

태어날 때는 어디에서 왔으며 죽을 때는 어디로 가는가. 태어나는 것은 한 조각 구름이 일 듯 하고 죽은 것은 한 조각 구름 스러지듯 뜬구름 그 자체 실이 없나니 삶과 죽음 오고 감이 이와 같도다. -자운-

朴準源(韓)

世人看花色　吾獨看花氣
此氣滿天地　吾亦一花卉

세인간화색 오독간화기
차기만천지 오역일화훼

세상사람 모두들 꽃빛깔만 보는데
나는 홀로 향기를 좋아한다
이 향기 세상에 가득하게 되면
우리 모두가 한 송이 꽃과 뭐가 다르랴

* 看花色 : 꽃빛깔에 빠져듦

무엇이 거짓이고 무엇이 참인고
참이고 거짓이고 모두 다 헛것일세
안개 걷히고 낙엽진 맑은 가을날
언제나 변함 없는 저 산을 보게나 -경허-

春去山花落　子規勸人歸
天涯幾多客　空望白雲飛

춘거산화락 자규권인귀
천애기다객 공망백운비

봄이 가니 산꽃들은 떨어지고
소쩍새는 돌아가라 슬피 울어대네
하늘가에 외로운 나그네여
흰 구름 가는 것만 멍하니 쳐다보네

* 空望 : 멍하니 바라봄

과거를 탓하지 않고 미래를 생각해 안달하지도 않고 일과 시기에 적
절하게 응하여 마음 속에 찌꺼기를 남기지 않는다. -장자-

無事猶成事 掩關白日眠
幽禽知我獨 影影過窓前

무사유성사 엄관백일면
유금지아독 영영과창전

일 없음이 오직 내 할 일이라
문고리 닫아 걸고 낮잠에 들 적에
깊은 산 날짐승이 나 홀로인 줄 알고서
그림자 그리면서 창 앞을 지나간다

* 白日眠 : 낮잠

인연 따라 오는 것, 인연 따라 가는 것,
한 점 구름이요, 한 점 바람인데. ―부처―

落花千萬片　啼鳥兩三聲
若無詩與酒　應殺好風景

낙화천만편　제조양삼성
약무시여주　응쇄호풍경

꽃잎은 떨어져 천 조각 만 조각인데
산새는 울어도 두세 소리 뿐이네
만약에 시와 술이 없었더라면
응당 이 좋은 풍경 놓쳤겠지

＊應殺 : 놓치다

배고프면 먹을 줄을 사람들은 알면서도 어리석고 어두운 맘 버릴 생
각 아니하네. -한청원-

前生誰是我 來生我爲誰
今生始知我 還迷我外我

전생수시아 내생아위수
금생시지아 환미아외아

전생에는 누가 나이며
내생에는 누가 나일까
금생에는 가짜 나에 집착하여
참 나 밖에서 참 나를 헤매었구나

*我外我 : 나 밖의 나

도시면 어떻고 시골이면 어떤가
산 속이면 어떻고 또 시장바닥이면 어떤가
그 영혼이 깨어있는 이에게는
이 모두가 축복의 땅인 것을. ―법구경―

朴遂良(韓)

口耳聲啞久　猶餘兩眠存
紛紛世上事　能見不能言

구이성아구 유여양면존
분분세상사 능견불능언

벙어리 귀머거리 된 지 오래고
두 눈만 남아 있노라
시끌시끌한 세상일 다 접어두고
이렇다 저렇다 말할 것도 없다

* 不能言 : 잘 안다고 말하지 않음

말이 남에게 거슬리게 나가면 역시 거슬린 말이 자기에게 돌아온다.
－대학－

李瑢(韓)

萬疊靑山遠 三間白屋貧
竹林烏鵲晚 一犬吠歸人

만첩청산원 삼간백옥빈
죽림오작만 일견폐귀인

첩첩 청산 아득하고
초가삼간 쓸쓸해라
대숲에 까막까치 날은 저물고
지나가는 사람 보고 개가 짖는다

* 白屋 : 초가집

공자는 낚시로는 물고기를 잡았으나 그물은 쓰지 않았고 주살로 새를 잡았으나 새집에서 자는 새는 쏘아잡지 않았다. -논어-

東風吹江水 花開照顏色
相思人未歸 日暮隄上立

동풍취강수 화개조안색
상사인미귀 일모제상립

동풍이 강물 위에 불고
꽃은 피어 안색을 비춘다
보고픈 사람 돌아오지 않으니
해질녘까지 뚝 위에 서 있다

* 相思 : 서로 그리워함

아무도 보지 않는다고 생각하고 춤을 추어라
누구에게도 상처받지 않은 것처럼 사랑하라
아무도 듣지 않는다고 생각하고 노래를 불러라
마치 지상이 천국인 것처럼 살아라 -퍼기-

李婷(韓)

旅館殘燈曉　孤城細雨秋
思君意不盡　千里大江流

여관잔등효 고성세우추
사군의부진 천리대강류

가물거리는 여관집 새벽 등
추적추적 내리는 가을비
끝없는 그대 생각에
천 리 먼 강물만 흐르네

* 思君 : 그대를 생각함

신뢰는 거울의 유리 같은 것이다. 금이 가면 원상태로 돌아가지 않는다. -아미열-

任璜(韓)

濯足林泉間 悠然臥白石
夢驚幽鳥聲 細雨前山夕

탁족임천간 유연와백석
몽경유조성 세우전산석

발을 숲속 맑은 물에 씻고서
바위 위에 누웠네
새소리에 단꿈을 깨고 보니
가랑비는 앞산을 적시고 있네

* 濯足 : 발을 씻음

자기 집에 있으면서 손님을 맞아 대접할 줄 모르면 밖에 나갔을 때
자기를 받아주는 곳이 없음을 알게 된다. -명심보감-

崔世衍(韓)

去年籬下菊　今歲又開花
對花還多感　浮生鬢已華

거년리하국 금세우개화
대화환다감 부생빈이화

작년에 피었던 저 울타리 아래 국화꽃
금년에도 또 피었네
꽃을 보면 여러 가지 느낌도 있지만
나의 수염은 이렇게 눈처럼 희어지고 말았네

* 已華 : 눈처럼 흰 꽃이 됨

황하의 물이 맑기를 언제 기다리느냐. 사람의 수명이 얼마나 된다고
할 일은 빨리 해야 된다. -제갈량-

吳慶(韓)

雨過雲山濕　泉鳴石竇寒
秋風紅葉路　僧踏夕陽還

우과운산습 천명석두한
추풍홍엽로 승답석양환

비가 지나니 구름산이 젖었고
샘물소리에 돌구멍은 차갑다
가을바람에 단풍잎이 길에 가득한데
스님이 석양을 밟고 돌아온다

* 石竇 : 돌구멍

나쁜 냄새를 싫어하는 것 같이 악을 싫어하고 잘생긴 여자를 좋아하
는 것 같이 善을 좋아하라. -대학-

李仁老(韓)

春去花猶在 天晴谷自陰
杜鵑啼白晝 始覺卜居深

춘거화유재 천청곡자음
두견제백주 시각복거심

봄은 가나 꽃은 오히려 있고
하늘 개이니 골짜기 스스로 그늘지네
두견새는 대낮인데도 울어대니
비로소 깊은 산골임을 알겠네

* 卜居深 : 깊은 곳에 자리 잡음

집을 이룰 아이는 인분도 금처럼 아끼고 집을 망칠 아이는 금도 인분처럼 쓴다. -명심보감-

金氏(韓)

遠樹霜初落　西天雁自飛
滄江愁獨去　何日故園歸

원수상초락 서천안자비
창강수독거 하일고원귀

먼 숲에 첫 서리 내리니
서쪽 하늘에 기러기 줄지어 날고
창강은 수심에 젖어 홀로 흐르는데
어느 날에나 고향에 돌아갈까나

＊獨去 : 홀로 감

여러 사람이 우기면 평지에도 숲이 나고 날개 없이도 날 수 있다.
－회남지－

崔林(韓)

白日有朝暮 靑山無古今
一樽榮辱外 相對細論心

백일유조모 청산무고금
일준영욕외 상대세론심

날은 밝았다 저물었다 하고
산은 고금에 푸르기만 한데
술 한 잔에 세상사 다 잊고
그대와 마음속 이야기 털어나 볼까

＊榮辱 : 영화스러움과 욕됨

가장 부유한 사람은 절약가이고, 가장 가난한 사람은 수전노이다.
-상포르-

宋翰弼(韓)

花開昨日雨 花落今朝風
可憐一春事 往來風雨中

화개작일우 화락금조풍
가련일춘사 왕래풍우중

어제 오던 비 속에 꽃이 피더니
오늘 아침 바람에 꽃이 지고 마네
가련하구나 한 해의 봄 한 철이
비바람 속에 왔다 가버리니

＊一春事 : 봄 한 철에 일어난 일

지극한 즐거움 중 책 읽는 것이 비할 것이 없고 지극히 필요한 것
중 자식을 가르치는 일 만한 것이 없다. -명심보감-

山立碧虛半 白雲能有無
仰天一大笑 萬古如須臾

산립벽허반 백운능유무
앙천일대소 만고여수유

산은 푸른 하늘에 반쯤 서 있고
흰 구름은 있는 듯 없는 듯한데
하늘 우러러 한바탕 크게 웃나니
인간사야 정말로 일순간이네

＊須臾 : 극히 짧은 시간

거짓에 힘쓰면 길게 갈 수 없고, 헛된 것을 좋아하면 오래 견딜 수
없다. 큰 나무도 가느다란 가지에서 시작되는 것이다. 10층의 탑도
작은 벽돌을 하나씩 쌓아올리는 데에서 시작되는 것이다. 마지막에
이르기까지 처음과 마찬가지로 주의를 기울이면 어떤 일도 해낼 수
있을 것이다. -노자-

韓翼恒(韓)

一室淸如水 簷端樹自交
夜闌人不寢 明月在花梢

일실청여수 첨단수자교
야란인불침 명월재화초

물처럼 맑은 집안
처마끝엔 나뭇가지 얽히고
늦도록 잠 못드는 밤
밝은 달만 꽃가지에 걸려있네

＊ 淸如水 : 맑기가 물과 같음

성냄을 버려라. 거만을 버려라. 모든 애욕과 탐심을 버려라. 정신에도
물질에도 집착하지 않으면 고요하고 평안해 괴로움이 없다. -법구경-

鄭敾(韓)

閑餘弄筆硯　寫作一竿竹
時於壁上間　幽恣故不俗

한여농필연 사작일간죽
시어벽상간 유자고불속

한가로이 붓을 들어
대나무 하나 그렸네
벽에 걸어두고 때때로 보니
그윽한 모습 속되지 않았네

* 弄筆硯 : 글씨를 씀

가을은 깊어 창 밖에는 쓸쓸한 바람만 불어온다. 조용히 앉아 깊은
명상에 잠기면 마음은 그렇게 편할 수가 없다. 부질없는 욕심을 버
리고 마음을 비우면 극락은 바로 내 마음 속에 있는 것이다. -부처-

金昌業(閑)

青林坐來暝 獨自對蒼峯
先君一片月 來掛檻前松

청림좌래명 독자대창봉
선군일편월 래괘함전송

어둠이 내린 숲속에 앉아
나 홀로 마주 한 푸른 산
한 조각 달이 그대보다 먼저
난간 앞 소나무에 와 걸렸네

* 先君 : 그대 앞서

주인이 손(賓)을 보고 꿈을 말하니 손 또한 주인에게 꿈을 말하네.
꿈을 말하는 주인과 길손이여 어느 때 날을 잡아 꿈에서 깨어날고
－서산대사－

申臨溟(閑)

樹擁疑無路　山開忽有村
田翁眠藉草　清夢繞平原

수옹의무로 산개홀유촌
전옹면자초 청몽요평원

나무가 우거져 길이 없나 했네
산이 열리자 문득 보이는 마을
풀을 깔고 누워 자는 저 농부
맑은 꿈이 들을 감싸네

* 眠藉草 : 풀을 깔고 잠

귀에서 입까지의 거리는 겨우 네 치에 불과하다. 귀로 듣고 곧 입으로 내는 천박한 학문을 구이사촌지학(口耳四寸之學)이라 한다. 그렇게 해서는 칠척이나 되는 몸 전체를 윤택하게 할 수가 없다. −순자−

李仁老(韓)

待客客不到　尋僧僧亦無
惟餘林外鳥　款款勸提壺

대객객부도 심승승역무
유여림외조 관관권제호

기다려도 손님은 안 오고
찾아봐도 스님은 없네
오직 저 숲 밖에 새들만
술병 들고 권하네

* 款款 : 정성껏

우리가 어느 날 마주칠 재난은 우리가 소홀히 보낸 어느 시간에 대한 보복이다. -나폴레옹-

鄭誧(韓)

移舟逢急雨　伊檻望歸雲
海濶疑無地　山明喜有村

이주봉급우 이함망귀운
해활의무지 산명희유촌

배를 돌리다 소나기 만나고
난간에 기대어 가는 구름 바라보며
바다가 넓어 땅이 없나 했더니
산이 밝자 반갑게도 마을이 있네

* 望歸雲 : 돌아가는 구름을 바라봄

인생에 있어 가장 중요한 것은 실패했다고 낙심하지 않는 것이며 성
공했다고 지나친 기쁨에 도취되지 않는 것이다. -나폴레옹-

李穡(韓)

日落沙逾白　雲移水更淸
高人弄明月　只欠紫鸞笙

일락사유백 운이수경청
고인롱명월 지흠자난생

해 지니 모래 더 희고
구름 걷히니 물은 더욱 맑다
시인은 이 밤에　달과 노니는데
다만 피리소리가 없네

* 高人 : 풍류객

사치한 생활 속에서 행복을 구하는 것은 마치 그림 속의 태양이 빛
을 발하기를 기다리는 것과 같다. -나폴레옹-

吉再(韓)

盥水淸泉冷 臨身茂樹高
冠童來問字 聊可與逍遙

관수청천랭 임신무수고
관동래문자 료가여소요

손씻는 샘물 얼음처럼 차고
마주 선 저 높은 나무들이라
글공부하는 아이 와서 묻는데
겨우 함께 놀아주는 일 밖에

* 冠童 : 글 배우러 온 사람

돈이 다 무슨 소용인가? 사람이 아침에 일어나고 밤에 잠자리에 들며
그 사이에 하고 싶은 일을 한다면 그 사람은 성공한 것이다. −딜런−

成石磷(韓)

一萬二千峯 高低自不同
君看日輪上 高處最先紅

일만이천봉 고저자부동
군간일륜상 고처최선홍

일만이천봉
제각기 높고도 낮네
그대 보게나 해 오를 때
높은 곳이 가장 먼저 붉으니

* 日輪上 : 해 바퀴가 솟아오름

모든 일에 예방이 최선의 방책이다. 없앨 것은 작을 때 미리 없애고
버릴 물건은 무거워지기 전에 빨리 버려라. -노자-

柳方善(韓)

結茅仍補屋 種竹故爲籬
多少山中味 年年獨自知

결모잉보옥 종죽고위리
다소산중미 년년독자지

집은 풀을 엮어 기워 얹고
울타리 살 삼아 심은 대
약간의 이 산중의 맛을
해마다 혼자서만 안다네

* 多少 : 약간

동등하지 않은 관계를 동등하게 만드는 것은 사랑 밖에 없다.
-키에르케고르-

卞季良(韓)

關門一室淸 烏几淨橫經
纖月入林影 孤燈終夜明

관문일실청 오궤정횡경
섬월입림영 고등종야명

문을 달아 건 조용한 방
까만 책상에 놓인 경전
초승달은 숲속으로 사라지고
외로운 등만 밤새 서 있네

* 纖月 : 초승달

덕행을 이룬 賢人은 높은 산의 눈처럼 멀리서도 빛나지만 악덕을 일
삼는 어리석은 자는 밤에 쏜 화살처럼 가까이에서도 보이지 않는다.
어리석은 자는 평생 다하도록 현명한 사람과 함께 지내도 역시 현명
한 사람의 진리를 깨닫지 못한다. -법구경-

徐居正(韓)

簾影依依轉　荷香續續來
夢回孤枕上　桐葉雨聲催

염영의의전 하향속속래
몽회고침상 동엽우성최

발 그림자 희미해지고
연이어 스며오는 연꽃 향기
외로운 베개의 꿈속에서 깨어나니
벌써 오동잎은 빗소리 내네

* 依依 : 어렴풋한

바탕이 성실한 사람은 항상 편안하고 이익을 보지만 방탕하고 사나
운 자는 언제나 위태롭고 해를 입는다. ―순자―

金淨(韓)

落日臨荒野 寒鴉下晚村
空林烟火冷 白屋掩柴門

낙일임황야 한아하만촌
공림연화냉 백옥엄시문

지는 해 거친 들녘에 내리고
저녁 마을 모여드는 까마귀
빈 숲속 저녁 짓는 연기에
사립문 닫아 거는 초가집

* 寒鴉 : 겨울 까마귀

불길이 무섭게 타올라도 끄는 방법이 있고 물결이 하늘을 뒤덮어도 막
는 방법이 있으니 화는 위험한 때 있는 것이 아니고 편안한 때 있으며
복은 경사 때 있는 것이 아니고 근심할 때 있는 것이다. -김시습-

徐敬德(韓)

紅樹暎山屛　碧溪瀉潭鏡
行吟玉界中　陡覺心淸淨

홍수영산병 벽계사담경
행음옥계중 두각심청정

산 병풍 속 단풍이라
시냇물은 거울 연못 속에 쏟아지네
옥같은 이곳에서 읊나니
문득 마음은 맑네

* 玉界中 : 옥같이 아름다운 곳

마음에 여유가 있는 자는 필요한 말만 간단히 요약하여 말하기 때문에 듣는 이가 쉽게 알아들을 수 있지만 반대로 마음에 여유가 없는 자는 쓸데없는 말만을 쉬지 않고 늘어놓기 때문에 듣는 이가 이를 이해하는데 많은 어려움을 느끼게 된다. 잠언

崔湜(韓)

曲固溪回複 登登路屈盤
黃昏方到寺 清磬落雲端

곡고계회복 등등로굴반
황혼방도사 청경낙운단

굽이굽이 돌고 도는 시냇물
꼬불꼬불 오르고 또 오른 길
황혼녘에야 비로소 절에 이르니
구름 끝에 떨어지는 저 맑은 경쇠소리

* 屈盤 : 굽고 굽음

내 그대를 사랑하는지 나는 모른다. 단 한 번 그대 얼굴 보기만 해
도 단 한 번 그대 눈동자 보기만 해도 내 마음은 온갖 괴로움을 벗
어날 뿐 내 얼마나 즐거워하는지 하느님이 알 뿐 내 그대를 사랑하
는지 나는 모른다. -괴테-

李誠中(韓)

紗窓近雪月 滅燭延清暉
珍重一杯酒 夜間人未歸

사창근설월 멸촉연청휘
진중일배주 야간인미귀

비단창가에 밝은 달
촛불만 가물가물 빛을 이어가고
맛좋은 한 잔 술이나
밤새도록 아무도 오지 않네

* 滅燭 : 가물대는 촛불

正道를 행하는 사람은 돕는 사람이 많고 無道를 행하는 사람은 돕는 사람이 적다. 돕는 사람이 가장 적을 경우에는 친척마다 등을 돌리고 돕는 사람이 가장 많을 경우에는 천하가 다 따라오느니라. -맹자-

西山(韓)

病在肉團心 何勞多集字
五言絶句詩 可寫平生志

병재육단심 하로다집자
오언절구시 가사평생지

모든 병은 마음에 달렸나니
어찌 힘들게 글자만 모으랴
오언절구 한 수면
평생의 뜻 다 담을 수 있네

* 平生志 : 평생 동안 마음먹은 뜻

흐르는 세월 붙잡는다고 아니 가겠소
그저 부질없는 욕심일 뿐
삶에 억눌려 허리 한 번 못 펴고
인생 계급장 이마에 붙이고
뭐 그리 잘났다고 남의 것 탐내시오. -서산-

車氏(韓)

夜靜魚登釣　波淺月滿舟
一聲南去雁　啼送海山秋

야정어등조 파천월만주
일성남거안 제송해산추

고요한 밤 고기는 낚이고
물결 얕아 배에 달빛 가득
강남으로 가는 저 기러기 소리
울며 보내는 바다산의 가을이라

* 南去雁 : 따뜻한 곳으로 가는 기러기

악한 일을 하면서도 남들이 알까 두려워하면 악한 중에도 오히려 선의 길이 있고 착한 일을 하면서도 남들이 알아주기를 서두른다면 선함 속에 곧 악의 뿌리가 있으리라. −채근담−

崔嘉城(韓)

水澤魚龍國　山林鳥獸家
孤舟明月客　何處是生涯

수택어룡국 산림조수가
고주명월객 하처시생애

연못은 어룡의 나라
숲은 새와 짐승의 집이라
외로운 배 밝은 달이 손님이고
어느 곳에서 내 일생을 보내나

* 生涯 : 한평생

도덕을 지키며 사는 사람은 일시적으로 적막할 뿐이지만 권세에 의
지하고 아부하는 자는 만고에 처량하다. 달인은 사물 밖의 사물을
관찰하고 몸 뒤의 몸을 생각하느니 차라리 일시적인 적막을 겪을지
언정 만고에 처량함을 하지 말라. -채근담-

崔淑生(韓)

何以醒我心　澄泉皎如玉
坐石風動裙　挹流月盈掬

하이성아심 징천교여옥
좌석풍동군 읍류월영국

내 마음 어떻게 맑게 하나
샘물은 구슬같이 맑아라
돌에 앉으니 옷깃이 펄럭이고
물을 뜨니 손바닥에 달이 가득

* 風動裙 : 바람이 치마를 움직임

늙음을 허무하다는 것은 죽음도 삶도 깊이 모르는 입에서 나오는 법.
한지에 먹물이 번지듯이 햇살이 창에 스며들듯이 죽음은 삶에 스며
드는 것. −석전−

許景林(韓)

紫扉尨亂吠　窓外白雲迷
石徑人誰至　春林鳥自啼

자비방난폐 창외백운미
석경인수지 춘림조자제

삽살개는 사립문에서 짖고
창밖엔 헤매는 저 흰 구름
누가올까 이 돌길을
봄 숲에는 새들만 지저귀네

* 亂吠 : 시끄럽게 짖음

깨끗하고 덕 있는 삶을 살면 좋은 죽음을 맞이할 수 있는 것이고 삶
이 더럽고 착하지 못하면 좋은 죽음을 만날 수가 없다. 그래서 生死
不二라 했던가. -법구경-

李基萬(韓)

窓外連宵雨　庭邊木葉空
騷人警起晏　長嘯伊西風

창외연소우 정변목엽공
소인경기안 장소이서풍

창밖엔 연이어 내리는 밤비
나뭇잎도 떨어져 텅빈 뜰
시인은 놀래 일어나
가을 바람을 읊네

* 騷人 : 시인

사랑하는 사람과 그림 같은 집을 짓고 영원히 행복하게 살고자 해도 사람의 수명에는 한계가 있어서 죽음이 그들을 갈라놓고 만다. 이러한 무상의 도리를 일찍이 알았기 때문에 영원히 변하지 않는 해탈의 길을 구하여 피하여 가고자 수행하는 것이다. -부처님-

嚴義吉(韓)

紫栢三年客　青山一老僧
相逢談笑處　羅月不懸燈

자백삼년객 청산일로승
상봉담소처 라월불현등

자줏빛 두렁길 가는 삼 년 나그네
푸른산 한 늙은 스님
서로 만나 웃고 이야기 하는데
담장이 덩굴에 걸린 달이 등불이라

* 不懸燈 : 등불을 켜서 매달 필요가 없음

오늘은 어제의 결과이며 내일을 알려면 오늘 하는 짓을 보면 알 수 있다. 그래서 인연처럼 정확한 것이 없고 또 인연같이 소중한 것이 없다. -법구경-

西山(韓)

月圓不逾望　日中爲之傾
庭前栢樹子　獨也四時青

월원불유망 일중위지경
정전백수자 독야사시청

달은 둥글어도 보름을 넘기지 못하고
해는 정오가 되면 기울게 된다
뜰 앞 잣나무
홀로 사철이 푸르다

* 四時青 : 일년내내 푸른

잠시 잠깐 다니러 온 세상
있고 없음을 편가르지 말고
잘나고 못남을 평가하지 말고
얼기설기 어우러져 살다가 가세
다 바람같은 거라오 뭘 그리 고민하나. -서산-

索 引 Ⅰ (第1句)

索 引 Ⅱ(人名)

書藝人을 위한 禪詩選

불멸의 香氣

2016년 9월 10일 인쇄
2016년 9월 20일 발행

저   자   근당 양택동

발 행 처   (주)이화문화출판사
등록번호   제 300-2015-92호
주   소   서울시 종로구 사직로 10길 17 (내자동 인왕빌딩)
전   화   02-732-7091~3(구입문의)
홈페이지   www.makebook.net

I S B N   979-11-5547-230-9 03810

값 15,000원